강 건너 봄이 오듯이

강 건너 봄이 오듯이

초판 1쇄 발행 2024년 5월 10일

지은이 신윤섭
펴낸이 정윤아

편집인 정윤아
디자인 김미영, 김태욱
펴낸곳 SISO
출판등록 2015년 1월 8일
이메일 siso@sisobooks.com
카카오톡채널 출판사 SISO
인스타그램 @sisobook_official

© 신윤섭, 2024
정가 16,000원

ISBN 979-11-92377-34-6 03800

강 건너 봄이 오듯이

1944년생 신윤섭의
파란만장 인생 도전일지

행복은 어디에 있는가?

우리는 목적도 의미도 없이 던져진 존재일까?
빈 하늘에서 호박이 떨어지듯이 무책임하게
아무 뜻도 없이 굴러떨어진 존재일까?

오히려 던져진 존재라기보다는 주어진 존재
무엇인가를 위해 맡겨진 존재라고 봄이 맞겠다.

저 맑고 푸른 하늘
유유히 넘나드는 넓은 바다의 파도
우거진 숲속의 고요함
제각기 다른 위치에서 밤하늘을 빛내주는 별들
다정한 미소를 던져주고 열매를 맺는 화초들
마음을 나눌 수 있는 다감한 벗들
이유도 없이 깊은 사랑을 속삭일 수 있는 이성들…

그것이 곧 즐거운 삶이며
삶의 보람이며 아름다움이 주는 행복 아닐까?

100세 철학자의 행복론

차례

내 아버지에 대한 기억

오촌 아저씨에게서 내가 커서 들은 바에 의하면 신동환 우리 아버지는 힘이 꽤 세셨다고 한다. 맷돌 중쇠를 앞니로 문 채 방을 한 바퀴 돌았고, 누구 하나 잡히면 쌍겨리 밭 3골 정도는 던져 버리는 아주 건강한 사람이었다. 할아버지께서 술을 너무 좋아하신 탓에 가사가 기울어 아버지는 돈을 벌러 떠도셨고, 마침내 함경도 회령이 살기 좋은 곳이라는 것을 알고 그곳에 정착하여 7년을 사셨다고 들었다. 어느 날 할아버지가 "죽더라도 내 고향에 가서 죽겠다"하시는 통에 다시 고향 가까운 장지미에 오셔서 나를 낳았고 아버지 고향 금화로 왔는데 일본인이 보국대로 보내려 해서 아버지는 또다시 이곳저곳으로 시군을 옮기며 살아갈 수밖에 없었다. 결국 7년 동안 함경도에서 번 돈을 다 털어먹고 집도 이리저리 쫓겨 다니는 신세가 되고 말았다.

그 후 해방이 되었고 어느 해 8월 추석날, 손자뻘 되는 사람이 할아버지에게 약주 한잔하러 가자며 제집에 초대하기에 아버지는 손자뻘 되는 사람을 따라갔다. 하루 종일 술상만 차리던 그 집 부인이 불평을 하자 부부 싸움이 벌어져 삽으로 세간을 부수고 난동이 나고 말았다. 그 광경을 본 우리 아버지는 싸움을 말리려고 삽날 쪽을 잡고 상대는 삽자루를 잡은 채 서로 실랑이를 벌이다가 삽자루를 놓았는데 그 삽날에 아버지 왼쪽 가슴이 찔려서 일주일을 앓아누웠다가 돌아가셨다. 그때 내 나이 5살, 형은 10살, 동생은 2살이었다. 어머니가 형과 겨울에 땔나무를 하러 2살 된 동생을 업고 나가면 나는 집에서 작은 양철 조각에 콩 20알을 볶아 5개씩 몫을 지어 놓고 어머니와 형이 오기만을 기다리곤 했다. 그러다 어머니와 형이 돌아오면 그 콩을 나누어 먹었다.

아버지가 돌아가신 후 사는 게 팍팍하다 보니 어머니는 작은 일에도 우리 형제들을 다그치곤 하셨다. 어린것이 뭘 잘못했다고 엉덩이가 벌어지는 바지를 들추고 그렇게 때리셨는지 수수깡에 맞아 엉덩이가 찢어져서 피가 흥건한 기억도 나고, 그때 누나가 17살이었는데 바른 가르마를 하다가 왼 가르마를 탔다고 보시자마자 다듬이로 머리를 내리치셔서 피가 나는 광경을 보기도 했다.

추운 겨울이던 어느 날, 가마니 50장을 짜 바치라는 공문이 집으로 날아왔다. 형과 어머니는 겨울나무를 산에서 해다 때며 몇 날 며칠 새끼를 꼬아 겨우겨우 가마니 48장을 해다 바쳤으나 인정사정도 없이 2장을 마저 바치라 했다. 우리 어머니는 어렵게 사는 과부집인데 부역까지 하나도 안 빼주고 다 시키는 것이 못마땅해서 북한 세상을 무척 싫어하셨다고 한다.

하루는 옆집에 사는 누나 2명과 우렁이를 잡겠다고 논벌에 갔다. 우렁이는 못 잡고 집으로 오는데 무언가 커다란 까만 것이 내 발등에 붙어있었다. '이게 뭔가' 싶어 떼어 냈더니 피가 한없이 쏟아졌다. 거머리에게 물린 것이다. 피가 나면 죽는 줄 알고 반나절을 울었는데 다행히 죽을 일은 아니었다. 또 우리 집에서 10m쯤 떨어진 곳에 나와 잘 놀던 동갑내기 친구가 살았는데 친구가 벌거벗은 채 뒤에 뭐가 있는 줄도 모르고 뒷걸음질을 치다가 그만 화루에 주저앉아서 크게 화상을 입어 죽고 말았다. 아버지에 이어 친한 친구를 잃은 슬픈 기억이 지금도 생생하게 내 마음속에 남아있다.

어쨌든 내 기억 속의 아버지는 치릉(대로 만든 큰 바구니)에서 오징어를 꺼내어 구워 주시고 산에서 잡은 뱀들을 낫에 걸고 싸리문을 열며 들어오시는 모습만 남아있을 뿐이다. 그것이 아버지에 대한 기억의 전부일 뿐 더는 기억나는 것이 없다.

성장에는 고통이 수반하고,

이것은 성장에 크나큰 장애가 될 수 있다.

고통은 일시적이지만 성장은 영속적이다.

신은 잠시의 고통을 덜어줄 수 있지만

그 대가는 영원히 지속될 성장의 박탈이다.

우리 삶에 고통을 허락하고 성장하도록 도와주시는

신에게 감사해야 한다.

큰 고통의 결과는 성장이기 때문이다.

- 존 레도

전쟁의 시작과 피난생활

누나는 철원에서 철도국 신호기를 흔드는 역주에게 시집을 가고, 어머니는 15살 더 많은 한 노인에게 재가하여 형, 나, 동생까지 세 명을 데리고 방통리라는 동네에서 살게 되었다. 새아버지의 큰아들네 집에서 한겨울을 나게 되었는데 며느리의 괄시를 받으며 한 해 겨울을 어찌나 춥게 보냈는지 모른다. 이윽고 따뜻한 봄이 되어 새아버지와 어머니는 큰아들 집에서 2km 정도 떨어진 웃통골이라는 곳에 드디어 새집을 짓고 세간을 났다. 열심히 농사를 지으며 살던 어느 날, 내 동생 교섭이가 딸기를 따다 주었는데 그 딸기를 먹고 있자니 이가 빠지는 것이었다. 얼마 후 동생은 그 병으로 죽었고 동생과 같이 지낸 나에게도 병이 전염되었다. 어머니가 바쁘게 일만 하시다가 자식을 잘 살피지 못해 동생을 잃었고 나까지 병에 걸리니 그때 어머니의 심정은 이루 말할 수 없이 참담했을 터다.

하루는 어머니가 나를 꼼짝 못 하게 다리로 끼워 잡고 개기름을 사기그릇에 끓여서 내 잇몸이 파여 들어가는 곳을 솜뭉치에 찍어서 지져주었다. 그리고 김화읍 병원을 걸어서 데리고 다니며 치료를 해주셨다. 병원에서는 무엇을 바르는지 몰랐지만 하여간 항상 입이 떫고 씁쓰름했다. 돌아오는 길에는 평지도 있고, 산길도 있고, 고개도 있었는데 어머니가 산길을 오다가 개금나무의 개금을 주워서 돌로 깨 까주시던 모습이 지금도 기억난다. 없는 살림에 지극정성으로 어머니가 데리고 다니며 치료해주신 덕에 나는 안 죽고 살아서 지금 74년 전 이야기를 덤덤하게 적어 내려가고 있다.

내 나이 6살에 38선 이북은 다 공산주의 땅이었다. 북한에서 남한을 먼저 침범해 승승장구 남으로 밀고 내려가는 때였다. 누군가 남쪽 어디까지 점령당했다며 내일 인공기를 밖에 내다 걸라고 소리쳤다. 그 후 얼마 지나지 않아 남쪽에서 반격이 시작되었다는 소식이 들렸다. 우리 동네에서 멀리 떨어진 큰 동네에는 비행기 폭격이 자주 있었고 어느덧 중공군이 우리 동네에도 쳐들어왔다. 우리 집 뒤뜰 안에 중공군 트럭을 나무로 위장해 놓기도 하고, 대포 1대를 말 5마리가 끌고 가는 것도 보았다. 중공군이 타고 다니는 3발 오토바이를 봤을 때는 지금이 전쟁 중이라는 것도 실감할 수 있었다.

집 뒤로는 산이 있고, 집 앞으로 50m를 가면 느티나무가 있고, 느티나무에서 30m가량 가면 공산당 마을 회관이 있었다. 회관 담 내부 강당에는 이승만 대통령의 머리를 돼지가 물어 먹는 사진 액자가 걸려 있었고, 그 회관 바로 앞에는 동네를 오가는 큰길, 옆으로는 산중에서 흐르는 산골 개울이 있었다. 그 개울은 사철 물이 많이 내려와서 뚝지기가 많은 개울이었다. 남쪽에서 전쟁을 하다가 다친 부상자들이 우리 동네로 모여들곤 했다. 이 동네에 도착하면 그 부상자를 받아서 다음 동네로 옮기고 육상 릴레이를 하듯 다음 동네로 환자를 계속 옮겨 지금 생각하니 평양까지 옮기는 것 같았다.

어느 날 친구와 함께 미나리를 뜯으러 가는 도중 느티나무 밑에 다다랐을 때 요란한 굉음과 함께 비행기가 우리 머리 위를 날며 무슨 물체를 떨어뜨렸다. 쇠사슬에 두 물체가 연결되었는데, 지금의 럭비공 모양의 크고 노란 물체가 우리 머리 위에 떨어지고 있던 것이었다. 그것을 보고 친구가 먼저 냅다 뛰기에 나도 덩달아 뛰어서 뽕나무밭 방공호로 들어갔다. 그곳에 들어가니 중공군 병사가 맷돌질을 하면서 음식 재료를 만들고 있었다. 그 후 얼마간 피난을 하고 밖에 나와보니 온 동네가 한꺼번에 불이 붙어서 50여 가구가 다 타고 있었다. 떨어진 그 포탄을 시골 동네 사람들은 '휘발유 통'이라고 불렀는데 폭탄이 떨어지면서 항아리에 담아놓은 목화송이가 폭탄 바람에 날려 밤나무에 하얗게 걸리고 우리 집도 그날 다

타버리고 말았다. 그 폭탄 기름은 엿처럼 찐득한 액체였다. 붙은 곳마다 꺼지지 않고 불타고 있었다. 집 옆에 밀밭이 있는데 다 쓰러져서 못 쓰게 되어 버렸고 밭 자리에 무언가 남았나 싶어서 어머니와 새아버지가 괭이로 재를 긁다가 또 무슨 작은 폭발이 일어나 다 그만두고 그날 밤에는 어디서 잠을 잤는지 도무지 기억이 나질 않는다.

그다음 날이 되어 새아버지가 미리 파 놓았다는 신골 산골짜기 방공호를 찾아갔다. 그 방공호를 찾아 산골짜기 물이 마른 도랑으로 올라가는데 남쪽에서 쏘는 폭탄이 정신없이 떨어져서 어머니와 우리 형제는 혼비백산했다. 위험하니까 어머니가 바위틈 한곳을 보고는 우리 머리를 그 속에 집어넣으라고 하셔서 형이 먼저 집어넣고 따라서 내가 집어넣었다. 몸은 밖에 있는데 머리만 집어넣었으니 상상해 보면 참 우스운 모습이 아닐 수 없다. 그 후 포성이 그쳐서 머리를 빼려고 하니 턱이 걸려서 빠지질 않았다. 그 모습을 보고 어머니가 넓은 곳으로 머리를 옮겨서 두 형제의 머리를 빼고는 다시 산 개울 옆에 파놓은 방공호에서 무사히 새아버지를 만났다. 그 방공호는 남쪽에서 날아오는 폭탄을 피하기 위한 3평 정도 되는 넓적한 마당바위였는데, 북쪽에서 남쪽으로 흙을 파

들어가서 앞에 문만 남기고 돌을 쌓아서 만든 든든한 방공호였다.

 그곳에서 며칠 지내고 있는데 하루는 커다란 굉음이 났고 얼마 후 나와 보니 그 방공호 바로 위에 포탄이 떨어져서 터진 것이었다. 바위가 좀 파였지만 그 방공호에서 생활하면서 좀 더 산 위로 올라가, 장기간 지낼 수 있고 불을 땔 수 있는 방공 움집을 만들었다. 포탄을 막을 만한 집은 아니었지만, 그 골짜기에 많은 사람이 그런 움집을 지어 이사했고 그 골짜기에는 방통리 사람들이 피난 생활들을 이어가고 있었다. 임시로 지어 놓은 집은 부엌에서 방으로 들어가는 구조였는데 어느 날 포탄이 우리 부엌 앞에 떨어지고 말았다. 지붕 위로 떨어졌으면 식구가 다 죽었을 텐데 부엌에 떨어져서 천만다행이었다. 당시에 형은 이불솜을 보고 호랑이라 하기도 하고 헛소리를 하며 앓아서 어머니가 형을 솜이불에 싸서 안고 계실 때였다. 포탄 파편이 부엌에서 방으로 들어오는 문지방을 반 자르고 우리 어머니 이맛살 밤톨만큼의 살을 떼어간 후 서까래에 매달아 놓은 팟종 대기를 뚫고 지붕으로 빠져나갔다. 어머니 이마에서 피가 줄줄 흐르는 걸 보고 가족 모두가 기겁했다. 이불솜을 찢어서 불을 붙이고는 타는 솜으로 살을 지져서 피를 멈추게 했다. 그날 동네에 누구는 팔이 떨어져 나갔다 하고 누군가는 죽었다는 소문이 났다. 지금 생각해 봐도 지긋한 악몽의 하루였다.

그 후 전세가 더욱 악화되어서 북한 책임자가 북쪽으로 며칠 피난을 했다가 다시 이곳으로 복귀해야 된다며 신골 산골짜기 주민들을 다 인솔하여 산밑 북쪽으로 내려가는 아침이었다. 어머니, 형, 나 우리 식구도 인솔자를 따라 행렬 맨 뒤에서 따라갔는데 어머니가 북쪽으로 가기 싫어 머리를 쓰셨다. 아이들 아침밥을 못 먹어서 잠깐 싸온 밥을 먹이고 따라가겠다고 하니 북한 책임자가 어머니에게 그러라고 하고는 북쪽으로 발길을 옮겨 내려갔다. 우리 식구는 다시 방공호로 돌아왔고 그 후 남쪽 길을 아는 사람을 따라 말고개를 넘어서 남한 땅에 정착했다. 군인들에게 처음으로 빵과 사탕도 얻어먹고 그렇게 대한민국의 몸이 되었다.

· · ·

우리 가족은 군인 트럭에 실려 춘천시로 왔다. 군인이 약 50명 정도 되는 부대였는데 한 군인 말로는 싸움터에서 한 번

싸우고 난 후 쉬는 부대라고 했다. 그곳에서 친구네 가족과 우리 가족은 군인들의 밥을 해주게 되었다. 덕분에 소고기 통조림과 마른오징어국으로 밥을 해주며 우리도 몇 개월 잘 먹고 지낼 수 있었다. 군인들은 춘천 시내 민가 빈집을 다니며 꽃 항아리 등 골동품을 모아 상자에 포장하고 빈집 대문에 군인 단도 칼을 던져서 꽂는 연습을 하곤 했다. 길가에는 전쟁에 파손된 건물과 전선줄이 끊어져 무질서하게 떨어져 있었고 춘천시에 민간인은 우리 두 가족뿐인 것 같았다.

하지만 얼마 안 가 춘천시마저 수복되기 시작해 우리 집은 그 부대에서 밥해주던 것을 그만두고 중공군이 미처 가져가지 못한 말먹이로 죽을 끓여 먹으며 끼니를 때웠다. 어찌나 껄끄러운지 입천장이 다 벗겨질 정도였다. 미국에서 보내온 구호물자 옷들이 큰 둥치로 배급되는 날에는 그 옷을 놓고 또래들이 제비뽑기를 했다. 하루는 내가 제비를 뽑았는데 운이 좋게도 바지가 맞춤옷처럼 딱 맞아 얼마나 기뻤는지 모른다.

하루는 형과 어딘가로 돌아다니다가 군량미를 실어 나르는 차를 발견했다. 차 위에는 많은 쌀이 자루에서 흘러 바닥에 흩어져 있었고 우리 형제는 차 위에 올라가 바닥에 흩어진 쌀을 쓸어 주머니에 담았다. 그렇게 차를 옮겨 다니며 쌀을 주워 담는데 어떤 차는 우리가 있는 줄도 모르고 출발해 8살이었던 나와 13살이던 형은 아무렇지도 않게 차 위에서 뛰어내렸다. 그래도 누구 하나 다치지 않았다. 어떻게 해서든 전쟁통에 살아남아야 했기에 그 환경에 적응이 되었던 것 같다. 형과 내가 쌀을 모아 어머니에게 가져다드리면 떡을 만들어 길가에서 파셨던 기억이 난다.

결국 이런저런 사연을 남기고 수원으로 가야 배급을 받을 수 있다는 말에 피난민 차에 온 가족이 올라탔다. 수원의 한 성냥 공장에 도착하니 여기저기서 온 피난민이 모여 있었다. 큰 가마에 양 살과 우유로 우유 죽을 끓여주는데 거기서 며칠 생활하다가 여러 사람이 다 모이니 살기가 무척 불편해서 부모님이 수원 청계라는 곳으로 가 보금자리를 만들었다. 주변에는 그렇게 여러 움집이 생겨났다.

배급으로 받는 보리쌀과 강낭콩을 가지고는 끼니를 다 해결할 수가 없어서 청계산에 올라가 도토리나무를 베어다가 장작을 만들어 수원시에 팔아서 끼니를 보탰지만 늘 식량이 모자라서 봄이 되면 달맞이꽃 뿌리를 캐서 도라지나물처럼 소금에 묻혀서 먹기도 했다. 겉으로 보기에는 도라지를 무쳐 놓은 것 같고 맛은 약간 달사근하고 식감은 미끈미끈하다. 독

성은 없는지 그렇게 많이 먹었는데도 해는 없었다.

수원에서의 피난생활도 그렇게 끝이 나고 이제 원주 문막으로 가야 한다고 해서 화물차에 실려 원주 문막에 정착해 살게 되었다. 원주 문막에서는 피난민 배급이 없어 살기가 매우 어려웠다. 혼자 사시는 어느 할머니의 집에 방 한 칸을 얻어서 생활하게 되었는데 식량이 없어서 방앗간 쌀겨를 얻어다 개떡을 만들어 먹는데 머리가 아파서 도저히 먹을 수가 없었다. 온 식구가 산으로 올라가 칡뿌리를 캐서 망치로 빻아 물에 빨아 녹말을 만들어서 원주시에 갖다 팔았고, 아버지는 족제비 덫을 만들어서 족제비를 잡아 고기를 볶아주셨는데 노린내가 나서 도저히 나는 먹지 못했다.

나는 아이들과 들에 가서 삑삑이 꽃대가 나오기 전 덜 여문 삑삑이를 뽑아 먹으러 다녔고, 산에서는 보리수 열매를 따 먹으러 다녔고, 개구리 다리도 돌로 잘라서 깡통에 끓여 먹고, 여름에 먹을 수 있는 풀은 다 따서 나물로 먹곤 했다. 가을이 되면 주민들이 산소에 와서 시제 제사를 드리는데, 우리는 그 제사를 먼발치서 기웃거리며 보다가 큰 밤톨 2개만큼의 시제 떡을 얻어먹곤 했다. 맛이 얼마나 좋았던지 지금은 상상도 할 수 없는 맛이다. 날감자를 삶아서 식힌 다음, 이웃집 누님이

식모 생활하면서 얻어온 아지노모토와 소금을 조금 넣고 절구에 찧어 먹으면 그 무엇도 부러울 것도 없이 맛있었다. 지금도 그 맛을 잊을 수 없다. 여전히 어머니는 춘천에서 일하시던 선생님네 가을 벼를 베어주며 품팔이를 가서서 겨울 양식을 벌어오셨지만 어려운 생활은 계속되었다.

드디어 휴전이 되어 전쟁이 멈춘다는 소식이 전해지고 그렇게 원주 추평리에서의 피난생활을 끝으로 더 이상 이리저리 옮겨 다닐 일은 줄어들었다.

다들 자신이 가진 저마다의

고통과 걱정 속에 산다지만,

그때를 떠올리면 현재가

얼마나 감사하고 행복한지 모른다.

전쟁이라는 참혹함 속에서도

하루하루 열심히 살았던

내가 있었기에 지금을 누린다.

씨름해서 이긴 날

아버지는 지게 지고 고물장사를 다니시고, 어머니는 시골에서 머리에 이고 나오는 야채, 밤 등을 사서 다시 노점에 놓고 파는 일을 하셨다. 아침 밥하는 시간이면 어머니는 형에게 시장 노점에 가서 팔다 남은 파를 마저 팔라고 하셨다. 그러나 형은 어머니 말을 듣지 않아서 내가 나가 한 무더기씩 모둠을 쳐놓고 10원씩에 팔곤 했다. 내가 파를 다 팔고 들어오면 어머니는 아침 밥상을 차리시며 무척 좋아하셨다.

이웃집 아이들은 가설극장이 들어오면 구경도 잘 가고 돈도 나보다 잘 썼다. 아이들이 무슨 돈이 있어서 그런가 알아보니, 가게 옆에 쌓아놓은 공병을 훔쳐 팔아서 돈을 쓰는 것이었다. 그래서 나도 친구들과 같이 공병을 가지러 갔다. 그런데 처음 따라간 날 그만 꼬리가 길어서 주인한테 잡히고 말았다. 주인은 컴컴한 목욕탕에 공병을 훔친 놈들을 가두었다가 얼마 후 내보내 주었다. 우리는 무서운 목욕탕에서 떨고 있다가 "이제는 병 가지러 오지 말자" 하고 헤어졌다.

당시에는 포막을 크게 둘러치고 악극단이 동네에 들어와 돈 받고 구경을 시켜주었다. 저녁에 표를 사서 들어가면 바닥에 가마니를 깔고 앉아서 구경을 했다. 나는 학교에 다니지 않았기에 아침 일찍 구경꾼들이 가마니에 앉아서 구경하다가 떨어뜨린 10원짜리 돈이 있어서 그걸 주우러 기웃거렸다.

그러던 어느 날, 참새 새끼 한 마리를 붙잡아 물에 적신 밥을 먹이며 길렀다. 참새는 아침마다 물에 말은 쌀밥을 먹은 후 훅 날아가 버렸다. 그런데 어디서 자고 그 이튿날 아침에 꼭 우리 밥 먹는 천막집 앞에 날아왔다. 또 물 말은 밥알을 건져서 부삽에 주면 또 먹고 날아갔다. 어느새 참새가 길들어져서 나를 친구로 아는 것 같았다. 그런데 부잣집 친구가 그 참새를 보고는 참새와 친구가 된 나를 부러워하면서 자기한테 팔라기에 5원을 받고 참새를 팔았다. 그 후에는 참새도 우리 집에 안 왔고, 그 친구도 만나지 못했다.

당시에 살던 경기도 일동은 와수리 수복지구 사람들이 와서 물건을 다 구입해 가는 큰 장터로 변해가고 있었다. 그러다 보니 오일장이 생긴다며 축제 행사가 시작되어서 저녁에 씨름판이 벌어졌다. 우리 형이 나보다 5살 위인데 씨름판에 들어갔다가 한 방에 쓰러지고 말았다. 그 모습을 보고 내가 재빨리 들어가 형을 넘어뜨린 사람과 맞붙어 이겼고, 또 한 명을 넘겼더니 주최 측에서 캐러멜 3갑을 상품으로 주었다. 형이 당장 여기서 먹자고 했지만 내가 상을 탄 것은 엄마를 보여드리고 먹어야 한다고 했다. 나는 형과 기뻐서 집에 뛰어 들어왔고 어머니께 캐러멜을 보여드리고 식구들과 나누어 먹었다. 어머니께 작게나마 기쁨을 드린 날이었다.

. . .

10살 때 경기도 일동에서 얼마 떨어지지 않은 강원도 철원군 와수리로 이사를 했다. 때는 봄이었고, 아버지 편으로 일가가 되는 친척네 윗방에 임시 숙식하면서 와수리 현재 초등학교 앞에 집터를 정하고 온 식구가 새로 집을 지었다. 산에서 나무를 베어다가 나도 집 짓는 일을 도왔다. 안방, 옷방, 부엌 이렇게 흙벽 바르는 집을 지었고, 이제 우리 가족은 안정적인 생활을 하게 되어 내가 11살 되는 해에 학포리 창고 학교에 입학을 하게 되었다.

선생님 직원실 한 칸과 조금 큰 창고 하나 이렇게 두 칸밖에 없으니 수업을 교실에서 할 수는 없어서 늘 남대천에 나가서 노는 것이 공부였고, 그마저 비가 내리면 전교생이 창고에 모여 비를 피하다 집으로 가곤 했다. 보자기에 책을 싸서 허리에 매고 학교를 다녔는데 나는 깡통 필통이 참 가지고 싶었다. 미군들이 전쟁 때 타고 다니던 차의 뒤 반사경을 분해하면 예쁜 구슬 5개가 나오곤 했는데 어느 학생이 내가 가진 그 구슬을 팔라기에 3원에 팔았다. 그길로 문방구에 가서 깡통 필통 하나를 사려고 했더니 가게 주인이 5원이라고 하는 것이다. 나는 실망해서 머쓱했다. 내 표정을 본 문방구 주인은 3원에 필통을 줄 테니 다른 아이들한테는 5원에 샀다고 말하라고 했다. 고물을 주워서 갖고 싶던 필통을 사니 얼마나 뿌듯했는지 모른다.

얼마간 창고 학교를 다니다가 드디어 제대로 모습을 갖춘

학교가 지어졌다. 그래서 그곳 학교 교실에서 몇 달 공부하고 다니던 중 와수리에서 오는 학생이 많아져 와수리 감리 교회 밑에 국방색 군인 천막으로 지은 천막 학교에 다니게 되었다. 그리고 2학년 말인가 3학년 초쯤 와수국민학교가 세워졌다. 그때부터 공부하는 맛을 알게 되어 3학년 때 처음 우등상을 탔다. 그렇게 학교는 내가 제일 좋아하는 장소가 되었다. 학교를 마치고 집에 오면 송아지 먹이로 풀을 베어오는 게 일이었다. 형과 어머니, 아버지는 전쟁 중에 묵은 황무지를 삽으로 파서 콩이나 호밀을 심었다. 그렇게 농사를 잘 지어 놓으면 그다음 해에 땅임자라며 나타난 사람에게 땅을 내어주고 말았다. 우리 가족은 땅 없는 설움을 겪으며 한 해 땅만 만들어주고 빼앗기는 허무한 농사를 해야만 했다.

· · ·

4학년이 끝나고 우등상을 타는 학생들은 종업식 3월 초 며칠 전에 학교 강당에서 상 받는 연습을 했다. 그런데 양말을 못 신은 학생은 나뿐이었다. 며칠 후 교장 선생님이 부르시기에 갔더니 목양말 3켤레를 주셨다. 그런데 어린 마음에 고마움보다 얻어 신는 것이 너무 싫었다. 그래서 교장 선생님께 받기 싫다고 하고 돌아왔다. 교장 선생님이 다른 학생을 통해 또 나에게 보내서 할 수 없이 받아서 신었다. 나는 고맙다는 인사도 안 하고 종업식 날 양말을 신고 상을 받았다. 지금 생각해 보면 교장 선생님의 배려가 참 감사한 일이었다. 이제 세상에 안 계시겠지만 이제야 감사하다는 인사를 드려본다.

5학년 때는 아무 걱정 없이 학교에 다녔고 내 생에 제일 즐거운 학교생활이었던 것 같다. 나를 괴롭히는 사람도 없었고, 공부도 1등이었고, 선생님께 한 대도 맞지 않았다. 어느 봄날에는 처음으로 우리 학교에서 제일 먼 고석정으로 소풍을 가게 되었다. 5학년 1반 남학생과 2반 여학생 70여 명이 소풍을 갔다. 고석정에 가보니 임꺽정이 살았다는 바위 굴도 있고 깎아 세운 듯한 한탄강 옆 절벽과 고석정 바위 옆에 모인 하얀 모래밭에 감탄사가 나오는 빼어난 경치를 처음 보며 그곳에 왔다 갔다는 기념을 남기기 위해 돌에 이름을 새겼다. 당시에는 자연 보호도 몰랐고 바위에 흠집을 내도 누가 뭐라 말하지도 않는 때였다.

보물찾기에서 다 찾지 못한 상품으로 남은 공책 10여 권을 씨름으로 이긴 학생에게 주겠다는 선생님의 말씀에 드디어 나에게도 기회가 오는구나 싶었다. 이 학생 저 학생과 씨름을 했지만 내가 다 이기고 결국 동갑내기 라이벌인 친구와 맞붙게 되었다. 결국 내가 이겨서 공책 10권을 모두 가져올 수 있었다. 그런데 공책을 돌 바위 위에 놓고 세수를 하고 오니 여학생 친구들이 그 공책을 다 나누어 가져버리고 말았다. 나는 승리의 기쁨만 맛보고 상품은 하나도 못 가져온 즐거운 소풍이었다.

나는 공책을 사서 쓰기 어려워 돈이 적게 드는 16절지 도화지를 흙표지에 매여서 종합 공책을 만들어 학교 공부와 숙제를 하곤 했다. 그래서 숙제 검사도 공책을 내지 않고 바로 선생님께 검사를 맡은 후 도로 가져와야 그날 숙제를 할 수 있었다. 그 공책은 60년이 지난 지금도 가지고 있는 나의 보물이다. 가끔 손자 손녀도 보여주는 대한민국에 하나뿐인 공책이다.

그 즐거웠던 날들이 60년이나 지난 오늘 이 글을 쓰면서 생각해도 내 생에 가장 행복했던 시절이었다. 그보다 더 즐거운 시기는 지금껏 없었다. 세상모르고 즐겁기만 했던 학창 시절이었다.

홍미롭게도 혹독한 역경을 딛고 일어선 사람들은

예외 없이 헝그리 정신을 가지고 있으면서도 겸허하다.

그들에게는 몇 가지 공통점이 있다.

밑바닥 생활이 길었다는 것,

자신에게 힘이 없다는 사실을 잘 안다는 것,

운 좋게 성공할 수 있었기 때문에 앞으로는 세상을 위해

그리고 다른 사람들을 위해 산다는 것이다.

그렇게 성공한 사람들은 자연스럽게

인생 또한 좋은 방향으로 흘러가게 마련이다.

- 피터 드러커

생의 마지막 학창시절

6학년이 되자 매일 아침에 조회하는 시간이 생겼다. 나는 일주일간 주번을 맡아서 앞에 나가 교장 선생님께 차렷 경례를 하게 되었다. 가난 때문에 신발조차 못 사서 신을 때라 나무판자 위에 끈을 못으로 박아서 만든 게다(일본식 나막신)를 신고 학생들 앞에 나설 수밖에 없었다. 그런데 그날따라 교장 선생님이 나의 가정사를 모르고 일본인이 신는 게다를 신고 나왔다며 400여 명 학생 앞에서 창피를 주는 것이었다. 많은 학생 앞에서 집안 사정을 이야기할 수도 없고 전교 대장이었던 내 체면이 무참히 깎여 너무나 부끄러웠다.

이후 어느 선생님도 내가 게다를 멋으로 신고 다니는 줄 알고 교실로 들어가는 현관 낮은 지붕 위에 신발을 던져 올려놓았다. 나는 더 이상 참을 수 없어서 소리 없이 눈물을 흘리고 말았다. 그 선생님은 장난인데 뭘 우냐며 나를 달랬다. 가난은 언제나 나를 곤경에 빠뜨리는 적이었다. 그전까지 학교생활을 즐겁게만 해왔는데 6학년을 마치고 나면 이제 학교를 더 이상 다니지 못하게 된다는 사실을 어머니를 통해서 전해 들었다. 나는 가정 형편에 대해 더 자세히 알게 되었고 고민을 해야 하는 나이가 되었다.

사회생활을 시작하기 위해서는 우선 몸을 단련해야 되겠다는 생각이 들어서 어느 부대에 야간으로 태권도를 배우러 다녔다. 회비는 한 달에 50원이었는데 그 회비가 걱정이 되어 눈 덮인 겨울 산임에도 멀리까지 나무를 하러 다녔다. 돈으로 만들 수 있는 싸리나무를 구하기 위해서라면 어쩔 수 없었다. 싸리나무 두 단을 짊어지고 내려오다 보니 눈이 내리기 시작했고, 고무신을 신은 탓에 자꾸만 눈길에 넘어지고 말았다. 그렇게 세 번을 넘어지고 나니 지게 다리가 모두 부러져서 지게에 나무를 질 수 없었고, 날도 계속 저물어 가고 있었다. 하는 수 없이 지게와 나무를 버리고 빈 몸으로 집에 돌아왔다. 나중에 안 일인데 발이 미끄러우면 칡을 끊어서 발에 감으면 덜 미끄럽다고 한다. 그 후로도 군부대에 태권도를 배우러 매일 다녔고, 곧 학교를 졸업하면 다시 학교라는 곳에 갈 수 없다는 사실이 괴로워 공부는 뒷전이 되고 말았다.

졸업을 앞두고 학부형 회장이던 친구의 아버지가 학교에 학생과 선생님을 위한 송별회 자리를 마련해 주었다. 강당에 음식이 차려지고 선생님이 와수리 계림 양조장에 가서 막걸리를 사 오라고 하셔서 동창생과 심부름을 갔다. 막걸리를 사 오는 도중에 호기심으로 입을 주전자 꼭지에 대고 처음 술을 마셔 보았다. 학교까지 왔을 때는 얼마를 마셨는지 모르지만 나는 술에 취해버리고 말았다. 술을 교무실에 갖다 주고 강당 복도에 와보니 학생 몇 명과 학부형 회장님이 음식을 차리고 있었다. 학생 자리에는 사과 1개와 과자 몇 개뿐이고, 선생님 자리에는 사과도 과자도 더 많이 차려져 있는 것이 보였다.

나는 불공평하다는 생각에 선생님 편에 차려진 사과를 집어서 복도 벽에 던졌다. 그러다가 복도 유리창이 깨져서 친구 이한성 얼굴에 부상을 당했다. 그제야 정신을 차리고 유리 조각을 줍고 있는데 담임 선생님이 오셨다. "윤섭아, 왜 그래?"

하는 선생님의 음성이 들렸다. 내가 대답도 못하고 머리를 긁적이니 선생님은 아무 말 없이 가셨다. 중학교 진학을 못 하는 나의 한이 넘쳐서 나를 사랑해준 배원용 선생님께 큰 죄를 지은 날이었다.

담임 선생님은 내가 중학교에 진학하면 입학금 절반을 대주겠다고 말씀하셨지만, 절반을 대주어도 학교에 가지 못할 가정 형편이라고 말씀드린 일도 있었던 만큼 6학년 때 담임 선생님은 내 가슴속에 가장 좋아했던 선생님으로 남아있다.

정해진 날짜는 성큼 다가와 어느덧 졸업식 날이 돌아왔다. 재미있는 학교생활을 뒤로하고 생활전선에 뛰어들어야 한다는 게 애석했지만, 어쩔 수 없는 형편이라 겸허히 받아들일 수밖에 없었다. 그렇게 행복했던 내 생에 학교생활은 마침표를 찍었다.

등산의 기쁨은 정상에 올랐을 때 가장 크다.

그러나 나의 최상의 기쁨은

험악한 산을 기어 올라가는 순간에 있다.

길이 험하면 험할수록 가슴이 뛴다.

인생에 있어 모든 고난이 자취를

감췄을 때를 생각해 보라!

그 이상 삭막한 것은 없으리라.

– 니체

사회생활을 시작하다

졸업 후 나는 와수리 실비식당
에 종업원으로 들어갔다. 당시 한 달 월급은 300원이었다. 식
당에서는 가마솥에 소머리를 끓여 그 국을 퍼서 다시 연탄불
에 요리한 음식을 만들어 팔았다. 메뉴는 육개장, 곰탕, 설렁
탕, 소갈비, 막국수 그 외 양식 메뉴였다. 양식은 찾는 사람이
없어서 오므라이스 하나만 만들어 팔았다. 냉장고가 없던 때
라 학포리 남대천에서 겨울에 언 얼음을 톱으로 잘라 남대천
변에 땅을 파서 얼음 창고를 짓고 그곳에 얼음을 쌓아놓고 톱
밥을 깊게 덮어놓았다. 여름에는 얼음을 사다가 양철 사이에

톱밥을 15~20m 채우고 얼음을 넣어 보자기를 얼음 위에 덮은 후 그 위에 날고기를 얹어 냉장고로 사용했고, 고기가 상하면 한번 끓여서 물은 버리고 고기를 사용하기도 하는 열악한 위생 환경이었다.

하루에 한 번은 끓는 가마에 들어갔다 나와야 고기가 안 상하므로 익은 고기는 매일 끓는 국에 끓여 손님에게 내었다. 세제도 없이 40도가 넘는 뜨거운 물로 그릇을 닦아야 소기름 때가 씻겨서 맨손으로 뜨거운 물에 매일 설거지를 하다 보니 피부 껍질이 계속 벗겨졌다. 나이 17살에 잠이 어찌나 쏟아지던지 아궁이에 불을 때다가 졸아서 아궁이 돌에 이마를 부딪치기도 하고, 손님 오기를 기다리다가 그만 잠이 들었는데 깨어보면 아침이기도 했다.

식당에서의 일이 힘들기도 하고 마침 친구 부모님이 운영하는 하숙집에서 사람을 구한다기에 일자리를 옮겼다. 오전 중에는 여인숙 방에 땔나무를 도끼로 자르고, 오후에는 방 청소, 석유 등잔에 기름 채우기 등을 했다. 내가 좋아하던 친구가 있으니 즐거운 마음으로 일했지만, 친구가 중학교 생활을 하면서 조금씩 마음이 변하기 시작했다. 말을 시켜도 대답을 안 하고 쌀쌀맞은 표정이었다. 나는 하숙집에서 나가기로 마음먹고 싫증을 느끼던 중, 어느 저녁에 아궁이 나무가 잘 타지도 않고 연기만 나서 불도 안 탄 아궁이 문을 닫고 내 방에 와서 혼자 잠을 잤다. 얼마 후 주인아주머니가 나를 깨우더니 "남의 돈 먹기가 그렇게 쉬운 줄 알아? 손님들 냉방에 재우려 했어?" 하며 화를 내기에 그날 밤으로 그곳을 나왔다.

가난 때문에 중학교 진학도 못하고 좋아하던 동창생 친구에게까지 외면을 당하고 나니 참 서글픈 마음이 들었다. 그 후 와수리에서 까만 교복을 입은 학생만 보면 멀리서도 피해 다녔다. 너무나 작고 초라한 내 모습을 들키지 않으려 애썼다. 그 후로 나는 망경동에서 농사일을 도우며 살게 되었고 삼포밭에 엿을 엮으러 갔다. 하루 종일 엮어봤자 70원, 보리쌀 2되 정도 살 수 있는 값이 되었다.

청학골 앞산에 군 사격장이 있었는데, 군인들이 청학골 벌판에서 앞산에 대포 사격 훈련을 하는 곳이었다. 사격이 오후 5시쯤 끝나면 사격장에 떨어진 포탄 파편을 주우려고 서로 경쟁을 하며 사람들이 산으로 올라갔다. 먼저 가야 포탄 파편을 더 많이 주울 수 있고, 고물상에 팔면 수입이 쏠쏠해서 숨이 넘어가기 직전까지 뛰어 올라가서 파편을 줍거나 캐곤 했다.

아는 분의 소개로 콩나물 공장에서 일을 한 적이 있었다. 콩나물 콩을 물에 불릴 때 잿빛이 나는 살균제를 넣었는데, 그렇게 불려야 콩나물이 썩지 않고 잘 자란다고 했다. 밤에는 조리로 콩나물시루에 2번 물을 주어야 했는데 밤에 콩나물에 물을 주려면 공장에서 잠을 잘 수밖에 없었다. 콩나물 재배사 한쪽 옆 연탄방에서 세 사람이 함께 잠을 잤다. 그러나 잠자리가 매우 불편하기도 하고 자다가 중간에 깨야 하는 일이 고되어 얼마 못 있고 며칠 후 집으로 돌아왔다. 지금 생각해 보면 어디를 가든 상상도 할 수 없을 만큼 참 힘들고 고된 생활이었던 것 같다. 다 옛날이야기가 되어버렸지만….

열일곱의 사회생활은 참 고되었다.
어떻게든 가족들과 먹고살아야 했기에
감내할 수밖에 없는
인생의 한 과정이었던 것 같다.
누구에게나 찾아오는
그런 고난의 시기였다.

배고픈 설움

어느 날, 인천에서 살다 온 친구 천명이가 자기 외삼촌이 마포에서 택시 사업을 하니 그곳의 일자리가 있는지 가보자고 했다. 일자리를 찾아 친구를 따라서 처음 마포에 왔는데, 우리 둘을 본 천명이 외삼촌은 "왜 혹을 붙여 왔느냐"며 나무랐다. 기분이 나빴지만 그 집에서 하룻밤을 자고, 인천에 가면 고깃배를 탈 수 있다 해서 친구를 따라 인천으로 향했다.

인천 바다에 떠 있는 배를 보고 매여져 있는 배에도 올라가 보았지만 일하라는 곳은 하나도 없었다. 저녁에는 맥아더

장군 동상이 있는 맥아더 공원에도 가보고 객지에 나와서 깡패한테 걸리면 죽는다는 소문을 시골서 듣고 나는 집에서부터 미군 식사용 칼끝을 뾰족하게 만들어서 품고 다녔다. 결국 일자리를 찾지 못하고 서울로 올라오는 중 마포대교를 건너다가 버스에서 검문이 있었다. 내가 앉은 곳에 경찰이 오더니 내 무릎 위에 놓은 옷을 들었다. 그러면서 품고 있던 칼이 버스 바닥에 탁 떨어지고 말았다. 경찰은 그 칼을 주워 들고 무슨 칼이냐고 묻기에 인천에 고깃배를 타러 갈 때 쓰는 칼이라고 바로 대답했다. 경찰이 또다시 왜 이렇게 칼이 뾰족하냐고 물어서 칼끝이 뾰족해야 생선 배가 잘 따진다고 대답했더니 경찰은 나의 서슴지 않는 답변에 의심을 접고 칼을 돌려주었다.

그렇게 우리는 신설동 서울 시내버스 터미널에 오전 8시쯤 도착했고 차비도 모두 바닥나고 말았다. 이제는 시외버스 차장들한테 돈이 없으니 차 좀 공짜로 태워달라고 사정하는 수밖에 없었다. 철원 쪽으로 가는 방면의 차에는 모두 달려가 사정했지만, 아무도 태워주지 않았다. 하는 수 없이 철길을 따라서 걷기 시작했다. 의정부까지 반나절을 걸어오니 해는 넘어가고 점점 어두워지기 시작했다. 우리는 아침도 못 먹고 점심도 못 먹고 저녁도 못 먹은 상태였지만, 그보다 오늘 어디서 자야 할지가 더 문제였다. 4월 중순이라 낮에는 덥지만 밤에는 참기 힘들 정도로 추웠기 때문에 따뜻한 곳이 필요했다. 의정부 시장 안으로 들어가니 가마니 몇 장이 깔려있었다. 그곳에서 가마니를 깔고 덮고 자면 되겠다 싶어 누워있는데 한 여자아이가 나타나더니 가마니를 내놓으라는 것이었다. 자고 내일 아침에 줄 테니 한 번만 자고 가게 해달라고 사정했지만, 여자아이는 매몰차게 절대 안 된다는 말뿐이었다.

우리는 그곳을 떠나 지나가는 사람마다 잠잘 수 있는 곳이 있냐고 물으며 다니다가 누군가 의정부역에 가서 자면 된다기에 의정부역을 찾아갔다. 역수가 나와서 절대 여기서는 잘 수 없다고 호통을 쳤다. 할 수 없이 시장으로 돌아와 또 잠자리를 찾아다니는데 어떤 사람이 의정부 맹아학교라는 데가 낮에는 맹아학교로 운영하고 밤에는 우리 같은 사람이 잘 수 있다기에 무작정 찾아갔다. 우리가 문턱에서 기웃거리자 안에 있던 사람들이 들어와 보라더니 가정 상황을 묻는 것이 아닌가. 나는 부모님이 있다고 했고 천명이는 부모님이 없다고 거짓말을 했다.

그들은 오늘 밤 잠을 재워줄 테니 나는 내일 떠나고 천명이는 여기 있으라고 하면서 "야, 이놈 뭘 시킬까? 토끼를 시킬까?", "토끼 시키기는 아깝지" 하고 우리가 알아들을 수 없는 대화를 나누었다. 나중에 알고 보니 남의 돈을 갈취하는 사람들이었다. 우리는 그곳에서 잠을 자고 그들이 일어나기 전 새벽에 소변을 보러 가는 척 나와서 포천 방향으로 뛰었다.

의정부를 벗어나니 4끼를 굶어서 배도 고프고 힘도 없었다. 천명이는 기운이 달려 천천히 걷고 나는 부지런히 걸어서 둘이 헤어져 걷게 되었다. 의정부 축석고개 밑에 한 20여 호 남짓의 동네가 있는데 그곳에 도착하니 너무 배가 고파서 간장 물이나 한 그릇 얻어먹어야겠다 싶어 어느 집 아주머니에게 말했더니 자신은 간장도 사 먹는다며 아랫집에 내려가면 장 담그는 집이 있다고 일러주었다.

나는 그 집을 찾아가서 아주머니께 배가 고프니 장물 좀 한 그릇 타 줄 수 있느냐고 말했다. 아주머니는 나를 마루에 앉으라 하고는 밥을 사발에 잔뜩 담아서 상까지 차려 주는 것이었다. 나는 그 밥을 얻어먹고 살았다는 안도감과 함께 고맙다는 인사를 하고 또 걸었다.

봄 낮의 뜨거운 햇볕을 받으며 걷다가 목이 마르면 도랑물을 마시면서 포천군 신북까지 왔다. 국민학교에서 '경찰은 국민을 도와주고 좋은 일을 한다'고 배운 것이 기억나 근처 파출소에 들어갔다. "서울서 이곳까지 걸어왔는데 차비가 다 떨어져서 이제 더 이상 못 갈 것 같다. 차 좀 태워 달라"고 말하니 경찰은 나를 본 척 못 본 척 자기 사무만 보고 있었다. 나는 혹시나 태워주려나 싶어 파출소 의자에 그냥 앉아서 쉬었다. 얼마 후 다른 경찰이 파출소에 들어와 동료에게 "얘는 누구야?"라고 물었고, "차를 태워달라며 앉아 있다"고 말하자 나에게 "야, 이 새끼야. 여기가 차 태워다 주는 데야?" 화를 버럭 내면서 욕을 퍼부었다.

나는 아무 말 없이 파출소를 나와서 걷기 시작했다. 쉬었다 걸으니 더 다리가 아프고 갈 힘이 없어서 지나가는 버스를 손을 흔들어 세웠다. 버스 기사는 내가 전날 신설동에서 차 좀 태워달라고 했던 차장이었다. 차장은 "이 버스는 만세교에서 일동으로 가니 만세교에서 내려서 또 버스가 오면 그렇게 타고 가라"고 말해주었다. 그런 식으로 만세교에서 내려 우여곡절 끝에 집까지 무사히 돌아올 수 있었다. 꼬박 이틀을 걸으며 버스 공짜로 타는 법, 밥 얻어먹는 법을 배웠다. 그러나 그 후 버스를 공짜로 타본 적은 단 한 번도 없다.

돈 없이 세상살이를 며칠 해보니 낮은 곳에서의 경험을 다

해볼 수 있었다. 시골 촌놈 둘이서 큰 고생을 했지만 큰 경험
도 한 날이었다.

그 후로 나는 내 몸을 지키기 위해

태권도에도 힘을 쏟았고,

객지생활로 고생도 해보았고,

말썽 많은 술주정꾼도 내 말은 잘 듣는

동네 해결사가 되다 보니

가난한 가운데에서도 힘과 용기가 있었다.

그것이 내가 가진 유일한 자산이었다.

위험한 도전

형은 나이가 차서 군대에 가고 이제 내가 가장이 되었다. 나는 어떻게 해서든지 가정 경제를 이끌어 가야겠다고 생각했다.

어느 날, 고물상에서 고물 캐는 탐지기가 새로 나왔는데 가격은 4천 원이고, 먼저 탐지기를 가져가 고물을 캐서 비용을 지불해도 된다는 주인의 말에 나는 매일 그 탐지기를 들고 친구들과 출근했다. 산과 들, 밭, 논 할 것 없이 돌아다니며 탐지기로 쇠붙이를 찾았다. 전쟁 당시 땅에 묻힌 포 파편과 전쟁 중 먹고 버린 미군 쓰레기통에서 고물을 찾아내는 게 일이었다. 땅속 50cm 정도에서도 쇠붙이가 있으면 삐 소리가 들렸고, 내 것보다 비싼 25,000원짜리 탐지기는 땅속 5m 깊은 곳에 묻혀 있는 쇠붙이까지 찾아냈다.

다니다 보면 터지지 않는 폭탄도 만난다. 아침에 그런 걸 발견하면 그것을 배낭에 담고 다니기는 위험하니 다른 사람이 못 보게 숨겨놓고 하루 종일 고물을 캐러 다니다가 고물이 안 걸리면 그제야 안 터진 폭탄을 분해하러 갔다. 내 친구 중에는 포탄을 여러 번 분해해본 분해 전문 고물쟁이도 있었다. 분해를 안 해본 나는 상식이 없어서 포탄을 발견하면 분해 기술자 친구에게 포탄을 주고 수익을 나누어 먹자고 제안했다. 그러면 그 친구가 포탄을 분해하곤 했는데 같이 있으면 위험하니 먼발치에 떨어져서 분해하는 광경을 관찰하며 눈으로 익혔다. 그렇게 눈대중으로 배워서 다음에 그런 폭탄을 또 주우면 혼자서 그 수입을 다 먹기 위해 눈짐작으로 배운 방법으로 폭탄 분해를 해보곤 했다.

포탄에는 시곗줄 같이 생긴 것이 안전핀을 잡고 있는데 그 시곗줄 옆 볼록 나온 곳을 돌로 쳐서 찌그려 놓으면 통로가 막혀서 네 관을 건드리지 못하게 되고 그 후 돌자 위에 힘을 가해서 프로펠러 쪽을 잡고 내리치면 충격에 의해서 나사가 느슨해진다. 나사가 느슨해지면 돌려서 분해를 하고 그다음 네 관을 빼서 버리면 되는 방식이다. 이 순서대로 무사히 해야만 수입을 얻을 수 있고 잘못하면 내 목숨줄과 바꿔야 하는 엄중한 작업이었다.

당시에 쇠붙이를 주우러 다니는 사람들 사이에서는 포탄을 잘못 분해하다 그 자리에서 목숨을 잃은 사람이나 폭발한 지뢰에 다치는 일이 흔했다. 전라도에서 청학골로 이사 와 살던 어떤 분은 나무 장사도 하고 산에 껌 열매 덩굴 뿌리를 캐어 가마솥 닦는 솔도 만들어 팔았는데 탐지기가 처음 나올 때 구입해서 고물을 많이 캐내 고향에 땅도 많이 샀다고 했다. 이제 고향으로 간다며 마지막 차비에 보텔 포탄을 캐서 분해하다가 그만 포탄이 터져서 그 자리에서 돌아가시고 부인만 고향으로 떠났다. 땅속에 지뢰나 포탄이 묻힌 줄도 모르고 '삐-' 하는 소리만 나면 괭이로 그곳을 찍어서 쇠붙이를 찾곤 했기 때문에 지금 생각하면 매우 위험했다.

고물을 찾는 이가 우후죽순 늘다 보니 최고 전방 철책 부근까지 가야만 고물이 있었다. 군인들의 눈을 피해 전방까지 가면 한나절 동안 탐지기 소리에 의존해 땅속 고물을 찾아 헤맸다. 탐지기에서 소리가 나면 물체는 보이지 않으니 무조건 괭이로 내려찍어서 파 들어가야 한다. 잘못해 지뢰라도 찍는다면 생명은 거기서 끝나는 것이다. 아이러니하지만, 살기 위해 죽을 일을 서슴지 않고 했다. 먼 거리에서라도 군인의 눈에 띄면 탐지기는 빼앗기고 매도 사정없이 맞는다. 안 잡히려고 산 풀과 나무 사이를 헤집고 더운 여름날 산을 올라 도망치던 날이 부지기수였다. 나중에는 도망치는데 머리 위에서 어찌나 열이 나는지 가마솥에 끓는 물처럼 뜨겁게 느껴지기도 했다.

. . .

박정희 대통령이 미국에서 가져온 밀가루를 지급해주는 공사가 많아졌다. 여름에 수해로 논둑이 터져서 모래가 논 안에 덮이고 망경동 논벌이 피해를 입었다. 그래서 수해 복구 공사 일감을 도급으로 받아서 했는데 밀가루 20kg짜리 3포대를 벌고 3시경에 일이 끝났다.

그 공사를 시킨 감독이 너무 빨리 끝내면 윗사람에게 지적을 받는다며 더 시간을 보내기 위해 밀가루 3포대를 상품으로 건 씨름판을 한번 벌여 보자고 했다. 그런데 나와 결승선 가까이 올라온 이좌랑이라는 친구가 아주 몸이 날씬하고 연약해 보여서 별걱정 없이 씨름을 붙었는데 순간에 내가 넘어갔다. 우습게 보였지만 기술이 하나 있는 것 같았다. 나는 다시 양다리와 어깨, 몸 전체에 힘을 골고루 분산하고 조심스럽게 임하다가 안다리 걸기로 이기고 또 이겼다. 인원을 두 그룹으로 나누어 씨름 시합을 했는데 내가 거기서 1등을 해 밀가루 3포대를 상으로 받았고 일해서 받은 것까지 총 6포대를 가져다 방에 쌓아놓으니 정말 부자가 된 기분이었다.

부모님으로부터 신체 하나는 잘 이어받은 것 같다. 우리 아버지도 힘이 좋으셨다고 들었는데 그 유전자를 내가 고스란히 물려받은 것 같다. 또 아버지는 동네 나쁜 사람들의 버릇을 고쳐주어 동네 사람들로부터 칭찬도 많이 들으시고, 동네 사람들 집도 지어주셔서 그 집에서 살다가 오신 적도 있다고 하니 새삼스레 우리 아버지의 힘이 대단하셨던 모양이다.

정말 작은 것에도 마음이 풍족해지고
만족하던 시절이었다.
밀가루 6포대에 세상을 다 얻은 것 같은
기분을 느꼈으니 말이다.
지금 우리는 어떤가.
많은 것을 가지고 있는데도
마음이 항상 허하고
빈곤한 사람들이 많은 것 같아 안타깝다.

첫사랑 이야기

내 나이 스물한 살, 동네에서 예쁘기로 소문난 이성에게 연애편지를 써서 전했다. 하지만 그녀는 알고 보니 군부대 대대장 당번과 연애 중이었다. 그것도 모르고 내가 연애편지를 보낸 것이다. 그 소문이 여자들 사이에 퍼져서 황경자라는 친구에게까지 전해졌는데 어느 날 집으로 편지 한 통이 날아왔다. "네가 박계옥한테 편지를 보낸 것은 잘못 보낸 것이고 내가 널 좋아하고 있다"는 내용의 편지였다. 그 편지 한 통에 황경자가 좋아지기 시작했다. 우리 집에 경자가 오고 가며 우리는 점점 가까워졌다.

하루는 내 방에서 경자 무릎베개를 베고 있는데 군대에 간 형이 집 가까운 부대에 있다가 잠깐 다니러 왔다. 인기척에 놀라 경자는 반대편 문으로 재빨리 나가고 다행히 형한테 들키지는 않았다. 그렇게 우리는 꽤 서로를 좋아하면서 지냈다.

그런데 다른 동네에 사는 연성이라는 친구가 하루는 나를 찾아와 자기가 경자를 사랑했다고 고백했다. 경자네 집에서 참외를 심고 원두막을 짓고 한 해 여름을 보냈는데 그때 사랑하게 되었고 같이 찍은 사진도 증거로 5장이나 가져와서 자기가 먼저 사랑했으니 나더러 포기해달라고 사정을 하는 것이 아닌가. 나는 증명사진 하나밖에 못 받았는데 같이 찍은 사진도 있고 그의 말이 진심인 것 같았다. 정의감에 불타던 나는 경자와의 인연은 끊겠다고 그 친구에게 딱 잘라 말했지만, 사람의 마음을 어찌 무 자르듯 그렇게 쉽게 자를 수 있겠는가.

그런데 얼마 못 가 동네에 이상한 소문이 퍼졌다. 내가 먼저 경자에게 연애편지를 보냈고, 그동안의 일들도 다 내가 혼자 경자를 사랑해서 있었던 일로 황경자가 소문을 퍼뜨리고 다닌 것이다. 다들 나를 '사랑을 구걸하는 못난 남자'로 치부했다. 나는 화가 나서 버릇을 고쳐주고자 단단히 별렀다. 선량한 나를 장난감으로 알고 농락한 황경자에게 또다시 남자들을 희롱 못하도록 복수해주어야겠다고 생각했다.

자정이 지난 깊은 밤에 나는 황경자에게 술 한 병을 사 오라고 했다. 그걸 못 사오면 오늘 집에 못 들어갈 것이라고 선언했다. 경자는 할 수 없이 주인이 자는 가겟집 문을 두드리고 애원해서 소주 2홉 한 병과 안주를 가져왔다. 나는 그 씁쓸한 소주를 마시며 이것으로 나와의 관계는 끝났다고 전하며 그녀를 집으로 보냈다.

비록 순탄치 않았던 첫사랑이었지만, 당시에는 친구가 먼저 좋아했던 사람을 내가 가로채는 것도 싫었고, 나를 우습게 여기는 사람이라면 여자든 남자든 가리지 않고 복수하던 성격이 강했던 것 같다. 지금 생각해 보면 부끄러운 젊은 날의 치기였던 것 같기도 하다.

아 참, 내 생에 첫 연애편지를 썼던 계옥이는 군부대 대대장 당번과 사랑이 무르익어서 마침내 영원한 동반자가 되었다. 그러고 보면 부부의 인연은 정해져 있는가 보다.

"미숙한 사랑은

'당신이 필요해서' 사랑한다고 하지만

성숙한 사랑은

'사랑하니까' 당신이 필요하다고 한다."

윈스턴 처칠의 말이다.

20대의 사랑은 불안하고 서툴고 미숙하다.

그래서 더 아름답고 찬란하지 않은가.

좋아한다는 마음만으로

서로를 부둥켜안을 수 있으니 말이다.

과수원의 꿈

3개월 과수원 운영 교육이 열린다고 해서 과수원 운영의 꿈을 안고 철원군 대표로 옥산 과수원으로 교육을 떠났다. 원주에 도착하니 정선군에서 온 친구 1명과 화천군에서 온 친구 1명, 철원군에서는 나 이렇게 3개 군에서 1명씩 모였다. 옥산 과수원 한쪽은 큰 냇가 물이 흐르고 한쪽은 작은 냇가 물이 흘러서 큰 냇가 물과 합쳐지는 가운데가 섬 같이 생긴 3방향 물로 둘러싸여 있는 사과나무가 25년이나 되었단다. 국광, 홍옥, 인도, 스타킹 품종이 심어져 있었다. 사장 동생이 까치가 파먹은 흠집이 있는 사과를 먹으

라고 내주면서 "성한 사과보다 까치가 파먹은 사과가 더 맛이
좋다"고 말해주었다. 배는 상처가 나면 전체 맛이 변해서 못
먹는데 사과는 괜찮다며 우선 상처 있는 사과를 먹으라고 교
육을 시켰다. 또 점심때가 되어 쌀밥에 햇보리 쌀을 3분의 1
정도 섞은 밥을 내주었는데 보리쌀이 아주 작고 매끄러워 입
에 넣으니 술술 넘어갔다. 우리 집에서는 먹어보지 못한 밥이
었다. 지금도 그때 맛있게 먹은 그 밥이 잊히지 않는다.

과수원 소독하는 방법, 살균제를 소독하는 방법, 살균제를
배합하는 법, 살충제 사용하는 법 등을 알려주었다. 살충제인

파라치온 농약은 원래 독일에서 세계 2차 대전 때 전쟁용으로 만든 것인데, 파라치온 원액을 항공기로 적군에게 뿌리면 바로 적군이 죽었고 이곳 동네 고등학생이 이것이 얼마나 독한가 보자 하고 이쑤시개로 끝에 조금 찍어서 혀끝에 조금 대었다가 30분 후에 사망했다는 이야기가 있었다. 이 약으로 소독하면 벌레에 닿아서 죽고, 먹어서 죽고, 그다음 냄새로 맡아서 가스로 죽고 3가지 방법으로 해충이 죽는단다. 약을 뿌리고 나서 며칠은 과수원에 '접근 금지' 표시까지 해 놓아야 된다고도 했다. 전쟁이 끝나고 군사용에서 농업용으로 발전한 약이라는 농약에 관한 역사도 들었다.

어찌저찌 시간이 흘러서 3개월 과수원 연수 교육도 끝나갈 날짜가 다가왔다. 각 군에서 모인 두 친구는 집으로 떠났는데 나는 안타깝게도 집에 갈 차비가 없었다. 오는 차비만 군에서 주었고 가는 차비는 내가 부담해야 했다. 수중에 가지고 온 돈이 없으니 어머니가 돈을 만들어서 부쳐줄 때까지 과수원에 남아있어야 했다. 혼자 남아 일꾼들 옆에서 과수원 일을 도우며 돈이 올 때까지 기다렸다. 나는 하루하루 지루한 날을 보내면서 정선군에서 온 친구가 주고 간 담배를 한 개비 한 개비 꺼내 피우게 되었고 그 일로 담배를 배웠다. 6월께에 과수원에 왔는데 어머니한테서 추석 전 편지로 돈이 왔다. 그래서 과수원 사장님과 작별 인사를 나누고 배를 타고 앞 강을 건너서 원주에서 기차를 타고 신철원에 내렸는데 김화로 가는 막차가 그만 떨어졌다. 나는 여관에 가서 잘 돈도 없었기에 20km나 되는 밤길을 걸어서 집에 가야 했다. 캄캄한 밤중에 그 고개를 넘을 생각을 하니 보지 못한 귀신도 겁나고 산짐승도 겁나고 사람도 겁나고 온통 무서운 마음뿐이었다.

나는 주먹만 한 돌 1개를 들고 작은 가방을 멘 채 걸었다. 한참 걷다 보니 생각도 못한 군용차 한 대가 내 옆에 섰다. 운전수가 어디로 가느냐고 물었다. 나는 청양 4리까지 걸어가야 되는 중이라고 말했다. 자기 차도 그곳을 지나가니까 타란다. 세상에 죽으라는 법은 없다더니 살 길을 만난 것이다. 나는 그 차를 타고 망경동 집에 무사히 도착했고, 그때 바로 추석 전날이라 집에 떡 해놓은 것이 있어서 한 사발 갖다 주며 고맙다는 인사를 연신 건넸다. 지금 내 나이 77세, 56년의 긴 세월이 흐른 일이지만 그날의 고마움은 평생 잊을 수가 없다.

이제와 생각하니

나를 따라다니며 나를 도우신

하나님이 나를 선택하셔서

천국 백성으로 삼기 위해

도우신 것이 아닌가 싶다.

이렇듯 인생의 고난 속에서도 꽃은 핀다.

고통은 사람을 강하게 만든다.

고난 속에서야 비로소 우리는

자기 자신을 알게 된다.

여전히 녹록지 않던 시간들

내 소유 땅이 없기에 당장 과수원을 시작할 수는 없어서 남의 집 농사 품을 팔아 가정 생계를 이어갈 수밖에 없었다.

하루는 친구들과 남대천을 건너 양배추 모종을 나르는 일을 했다. 당시에는 6 · 25 전쟁 때 일개 중대를 이끌고 남한 국군에게 백기를 들고 넘어와서 원래 계급에다 한국군 계급을 연결하여 진급을 계속해서 올라가는 군인들이 있었다. 5사단 부사단장까지 하고 제대 전역을 한 후 군부대 도움으로 하천 변 제방 안에 논을 만들고 군인 중대가 손모를 내면서 농사일을 도울 때다. 친구들과 나는 열심히 양배추 모종을 실어다 나르는데 점심식사 후 막걸리를 마시며 쉬던 군인 하나가 우리를 보고는 대뜸 욕을 하며 이리 오라는 것이다. 그래서 갔더니 다짜고짜 욕을 하는 것이 아닌가. 계속되는 욕설에 슬그머니 화가 치밀던 차에 그 군인이 인상을 쓰며 나무 작대기로 내 다리를 후려치고 돌진하는 것이었다. 나는 그 막대를 피해 우선 도망쳤다. 그 후 다시 만나자기에 갔는데 또 옆에 있던 한 군인이 같이 따라와 내 코를 주먹으로 치는 바람에 코피가 터지고 말았다. 억울했지만 일을 해야 했기에 나는 그냥 모내러 가버렸다. 아무 이유 없이 맞은 게 처음이었던 나는 아무리 생각해도 울화가 치밀었다. 내가 피를 보았으니 너도 피를 봐야 된다는 단순한 생각 외에는 머릿속에 떠오르는 게 없었다.

나는 몰래 손수건에 주먹만 한 돌을 숨겨 가서 나를 친 놈을 나오라고 했다. 나는 그 돌을 군인의 왼쪽 머리에 던졌다. 돌을 맞은 군인은 귀 위 머리가 터져서 피가 목을 타고 내려와 흰 런닝을 적셨다. 평소 나는 피를 무척 무서워하는 사람이지만 흰 런닝을 붉게 물들인 그 피는 무섭다기보다 통쾌했다. 그런데 내가 또 돌 2개를 들자 상대 쪽에서도 돌을 들었고 나를 향해 던지기 시작했다. 나중에는 "저 새끼 간첩이다. 죽이자"며 군인 25명이 나를 치려고 일제히 돌을 들었다.

나는 무의식 중에 제방 밑 남대천 물에 뛰어들었다. 물은 겨드랑이까지 차올랐다. 물속에 있으니 돌을 피하기가 조금 수월했다. 그런데 날아오는 수십 개의 돌을 이리저리 피하다 보니 체력이 바닥나고 말았다. 농수로 보를 막는 곳까지 가서 어깨와 목 부위에 돌을 맞아 죽은 척 연기를 했다. 그제야 그만하라는 소리가 들렸고, 5명 정도가 내가 있는 곳까지 다가왔다. 그때 내가 일어나 그 5명과 겨루다가 결국 붙들려 물 밖으로 나왔다. '나는 이제 죽었구나' 싶은 순간, 군대 선임자가 사태의 심각성을 깨닫고 나를 붙잡은 군인들의 팔을 나무로 내려쳤다. 마침내 죽을 뻔했던 그날 사건은 그렇게 끝이 났다.

• • •

군인들과의 사건 1~2년 후 다른 동네의 수천 평 화전 밭에 가서 품을 팔았다. 당시에는 자연 보호에 대한 의식도 없고 먹고살기가 어려운 때라 산에 불을 지르고 그 자리를 일구어 옥수수, 가지, 양배추 등을 심었다. 그렇게 해도 법의 저촉을 받지 않던 시절이었다.

그런데 그 산에는 공작대원이라고 간첩이 산으로 넘어오면 잡는다는 임무를 띠고 산에 움막사를 짓고 살던 군인이 15명쯤 있었다. 밭일을 하러 왔을 뿐인데 군인들은 혹시 간첩이 아닌지 꼼꼼하게 심문 조사를 해댔다. 검문 불응 시에는 하체에 총을 쏠 수도 있다며 위협적인 경고도 했다. 나는 양배추 묘종 사건 때 군인한테 맞아죽을 뻔한 기억이 있어서 검문도 순순히 응했고 내 담배도 나누어 주면서 최대한 군인들에게 호의적으로 대했다.

어느 날 농장주가 밭을 더 넓히겠다며 산에 불을 질렀다. 군인들이 우리에게 산불을 끄라고 명령했다. 일꾼들이 일 시키는 농장장 말을 들어야지 군인 말을 들을 수는 없어서 불을 끄라는 군인 말을 무시하고 불구경만 했다. 며칠 후 농장주가 나에게 "일은 하지 말고 일하러 온 사람들 일만 시키라"는 것이었다. 나는 일하는 게 낫지 일 시키는 건 성격상 안 맞아서 싫다고 거절했다. 농장주는 일꾼들에게 이미 "망경동에서 온 신윤섭이라는 사람이 예전에 군인 25 대 1로 싸워서 이긴 사람"이라고 거짓말을 해놓았다는 것이다. 그리고 그 말을 들은 젊은이들이 공작대원들에게도 소문을 냈고, 나를 위험 인물

이라고 생각한 공작대원들이 나를 손봐야겠다는 계획을 세운 것이었다.

어느 날 일을 마치고 저녁을 먹은 후 하우스 안에서 유행가를 신나게 부르고 있었는데 군인 2명이 총을 들고 와서 시끄러워서 전화도 받을 수 없다며 소리를 지르고 위협을 했다. 군막사가 하우스와 500m나 떨어져 있었지만, 무조건 시비를 걸고 싶어서 하는 말이었다. 더구나 여러 사람 중에 나를 콕 집어 나오라고 했다. 나는 다 포기하고 맞아주기로 각오했다. 얼굴로 주먹이 들어올 것이라는 걸 미리 알고 어금니에 힘을 주어 꽉 다물었다. 어금니를 다물지 않으면 맞았을 때 볼 안이 마저 터지므로 힘을 주어서 다물고 있는데 주먹이 예상대로 들어왔다. 그러고는 워커 발로 가슴을 계속 차는데 얼마나 맞았을까… 정신이 아득해지고 나도 모르게 엄마를 부르며

헛소리가 새어 나왔다. 나는 그 자리에서 산 아래로 내려가는 오솔길 밤길을 10m 내려가다가 우측 비탈길로 무조건 뛰어 내렸다.

비탈로 굴러떨어지는 나를 보고도 군인들은 총을 쏘아댔다. 커다란 바위가 소리를 내며 굴러가는 소리도 들렸다. 나는 나무 위로 올라가면 공포탄이라도 맞을 것 같고 골짜기에 있자니 돌이 굴러오고 이러지도 저러지도 못하고 있었다. 얼마나 시간이 갔을까? 총을 쏘아대던 군인들은 사라졌고 나는 있는 힘을 다해 하우스로 돌아왔다. 죄 없이 맞은 억울함이 하늘을 찔렀다.

돈을 벌어야 했기에 그 사건 이후에도 그곳에서 계속 일을 했다. 어느 날 하루는 나를 때린 그 군인과 절벽 바위 위에 같이 서 있던 순간이 있었는데 문득 그에게 억울하게 맞은 생각이 머리에 떠올랐다. '이 군인을 바위에서 밀어내어 떨어지게 해서 죽여버릴까' 문득문득 충동이 일었지만, 사람이 해서는 안 되는 일이라는 생각에 그만두었다. 결국 안 된다는 마음이 이겨서 실행에 옮기지 못했지만, 죄 없이 맞고도 반격하지 못한 수치심이 한동안 나를 괴롭게 했다.

봄 봉령 화전 밭에서의 일도 끝이 나고 집으로 돌아왔다. 어머니에게 맞은 이야기를 했더니 "그날 머리가 흰 할아버지가 '실타래에 피가 조금 묻었다'고 하면서 내게 주는 꿈을 꾸었다"고 하시며 실은 사람의 생명을 뜻하는데 "네가 죽을 건데 살았나 보다" 하시며 꿈의 뜻을 어머니가 해석해주셨다.

이방인으로 세상을 떠돌아 살다 보면 내 잘못이 없어도 의도하지 않은 사건과 얽혀 고통을 받을 수밖에 없는 것 같다. 나는 줄곧 가난한 자의 설움은 나 혼자 겪는 것으로 충분하다고 생각해왔다. 절대 우리 자식과 후손들에게는 이런 억울함을 겪게 하지 않으리라 다짐했다. 멸시와 천대는 다 가난 때문에 받는 설움 보따리다. '언제 이 지긋지긋한 가난의 굴레를 벗어날 날이 올까. 난 여전히 먼 길을 더 걸어가야 할 것이다. 내일도, 모레도…' 하는 생각에 가슴이 미어졌다.

· · ·

　어느 날 공사판에서 일을 마치고 형과 함께 집에 왔다. 어머니가 형에게 억울한 표정으로 말씀하셨다.

　"얘야, 내가 여름에 아무개 씨네 메밀밭 파준 것 내가 품값을 받으러 갔더니 밭 주인이 '이런 년이 어디서 품값을 받으러 왔느냐'고 하면서 돈도 못 받고 욕만 실컷 먹고 왔지 뭐냐."

　나는 어머니의 말에 피가 거꾸로 솟아올라오는데 형은 아무런 말도, 반응도 없었다. 나는 어머니한테 내가 당장 내려가서 어머니 원수를 갚아주겠다고 했다. 아니나 다를까 밭주인은 우리 어머니보다는 나이가 위이고 외아들인데 자기 어머니를 괄시하고 학대하여 그만 어머니가 쥐약을 먹고 돌아가신, 인간성이 나쁜 사람으로 동네에 소문이 자자한 사람이었다.

　나는 그 집에 가자마자 마당에 서서 우리 어머니에게 왜 욕을 했느냐며 고래고래 소리를 질렀다. 집에 있던 그 집 아들은 아무 말 없이 구경만 하고 있고 옆방에 사는 공사판 사장 작은 마누라는 "어른한테 그렇게 말하는 게 어디 있냐"며 훈

계를 했다. 눈에 보이는 게 없던 나는 그 여자를 끌어내 혼을 내주었다. 그제야 아무 말 못하고 벙어리가 되었다. 밭 주인이 마당에 내려오기에 또다시 혼꾸녕을 내주고는 집으로 돌아왔다. 어머니는 내가 억울함을 풀어드려서 기뻐하시는 눈치였다. 형님이 제자리를 못 찾던 때여서 그 당시는 내가 정신을 똑바로 차리고 집안의 가장 노릇을 하지 않으면 안 되었다.

여든의 나이에 지금 이 글을 쓰면서 그런 포악스러웠던 내가 정말 나였는가 싶고, 남의 이야기를 쓰는 것 같은 심정으로 내 모습을 뒤돌아보고 있다. 지금은 지난날을 생각하면서 현재에 충실하며 선한 사람으로 살기를 원한다.

과거는 과거일 뿐이다.

연약한 사람들은 당하기만 하고

살아가기가 험했던 시절의 이야기다.

나 역시 다른 사람들과

똑같은 마음을 가진 사람이다.

이제 나에게는 평화만이 존재한다.

나의 형

형은 군에 있을 때 제대하면 가족에게 잘하겠다고 호언장담을 했었다. 하지만 형은 별 나아진 것이 없었다.

어느 날 아침 어머니가 수제비국을 끓여서 그릇에 각자 퍼먹으라고 가지고 오셨는데 왜 싸우게 되었는지는 오래되어 기억이 나질 않고 형이 나를 때리고 수제비 옹기그릇을 방바닥에 엎어버렸다. 그때 내 나이 23~24살이라 우리 형 같은 사람은 둘도 이길 나이인데 그때까지 동생을 때리는 버릇을 못 버린 것이다. 나는 계속 이렇게 맞을 수는 없고 버릇없는

사람은 나무 작대기가 약이라는 옛말과 같이 주먹으로 형의
귀밑 얼굴을 한 번 세게 가격했다. 그런데 내 주먹에 한 방 맞
고 형이 더 이상 달려들지 못했다.

그때 형이 나한테 한 방 맞고 정신을 다시 차린 모양이었다.
그 후로도 다툼은 있었지만 "앉아서 이야기하자"고만 하지
나에 대한 폭력적 행동은 없어졌다. 동생이 형을 때리는 게
좋은 모습은 아니지만 내 주먹 한 번으로 우리 가정의 질서는
좋아졌으니 그렇게 나쁘다고 볼 수는 없지 않은가. 나도 그
이후로 다시 형을 때린 기억은 없다.

· · ·

어느 여름에 장맛비가 억수로 쏟아져 집에 물이 들어오고
난리가 아니었다. 할 수 없이 망경동 주민들은 학포리 김화읍
사무소로 임시 피난을 갔다. 비가 좀 멎은 듯한 오후 2시쯤 형
은 먼저 집으로 갔다. 농사짓던 우리 밭에 비 피해가 없나 하
고 먼저 갔을 거라 생각하고 나는 어머니를 챙기며 피난을 마
치고 집으로 가던 중 걱정이 되어서 밭으로 향했다. 밭에 갔
더니 형은 없고 우리 밭 옆 산골에서 흘러오는 도랑이 우리

밭쪽으로 패어나가고 더 비가 오면 밭쪽으로 도랑이 날 것 같
은 형편이었다.

나는 약 50m 되는 도랑을 장갑도 없이 거친 산골 개울 돌
을 주워서 우리 밭쪽으로 옮겼다. 한참 하다 보니 손가락이
아팠다. 거친 산골 돌과 물에 씻겨서 살이 닳아있었고 발긋발
긋하게 피가 나려고 했다.

저녁에 집으로 가는데 밭 옆 초소에서 군인들과 술을 먹고
놀다가 집으로 가는 형과 만났다. 나는 그 고생을 하면서 밭
에서 일을 하고 오는데 먼저 간 형님은 술만 먹고 놀다가 집

에 오는 것이었다. 나는 형이 정말 이해가 안 갔다. 내가 "밭이 다 파여갈 뻔했는데 그렇게 일찍 와서 놀기만 하다 오면 어떡하냐"고 물으니 형은 아무 대답이 없었다. 나는 집에 와서도 화가 점점 치밀었다. 나 혼자만 먹고살려고 이 고생을 해야 하나 싶어서 짜증이 났다. 화를 키우면 화는 점점 커진다. 나는 화를 참지 못하고 방문 옆 흙 바른 벽을 주먹으로 쳐서 한쪽을 다 털어버렸다. 그래도 형은 아무 소리도 없었다.

형은 술 마시고 내 또래 친구들한테 실수를 너무 해서 매를 맞고 오지를 않나, 처녀 있는 집 안방에 술 먹고 들어가 누워 있어서 그 집 삼촌이 우리 집 씨를 말려야 된다는 욕을 먹지를 않나, 어려운 생활에 나무도 하나의 재산인데 내가 해놓은 장작을 밭 옆 초소에 주고 술만 얻어먹고 있지를 않나… 속상한 일이 한두 가지가 아니었다. 군대에 있을 때는 나오면 다 잘하겠다고 하더니 그 말은 물거품이었다.

형은 나와 너무나 다른 사람이었다. 어디 선을 보러 간다고 하기에 어머니가 돈을 빌려서 주었는데 돈이 적다며 그 돈을 반으로 찢어서 던져 버린 사람이다. 그러니 제 짝을 찾을 수나 있었을까. 그렇게 형과 나는 한 배 속에서 나온 형제인데도 그렇게 다를 수가 없었다. 형을 흉보는 것이 낯부끄러운

일이지만 형과 살았던 그 시절은 내게 너무나 괴로웠던 시간
으로 남아있다.

인생은 평화와 행복만으로 살 수 없으며
괴로움이 필요하다.
이 괴로움을 두려워하지 말고
슬퍼하지도 말라.
인생의 희망은
늘 괴로움이라는 언덕길
그 너머에서 기다리고 있다.

– 몽테뉴

공병 장사

친하게 지내던 이웃 형님이 서
울에 있는 매형의 집으로 이사를 간 이주화 형님의 소개로 서
울 금호동 '강남 상회'라는 곳의 점원으로 가게 되었다. 시골
서 서울 강남 상회에 온 첫날 밤은 길고 길었다. 혹시나 군잠
이 들어 아침에 가게 문을 제시간에 열지 못할까 봐 몇 번이
고 바깥에 날이 밝아오는지 보려고 미닫이문을 자주 열었더
니 옆방 주인집 조카 처녀가 "왜 잠도 못 자게 문을 자꾸 여느
냐"며 꾸중을 한다. 시골 촌놈의 서울 밤은 설렘과 걱정으로
가득했다.

하루는 가게 앞에서 30m 정도 떨어진 다방에 수금을 하러 갔는데 젊은 청년이 여자와 앉아서 음료를 마시며 나에게 맹탕 시비를 거는 것이다. 아무 관련도 없는 사람에게 시비를 거는 사람은 지위 고하를 막론하고 인간쓰레기 같다는 생각이 들면서 참을 수가 없었다. 나는 바로 나와서 상회로 가 4홉짜리 빈 술병 하나를 갖고 나가려는데 주인아주머니가 그건 왜 가져가냐고 물었다. 나는 다방에 까부는 새끼가 하나 있어서 까버리려고 가져간다고 하고 나왔다.

지금 생각하면 천만다행이다. 그 젊은이와 여자는 온데간데없었다. 그때부터 상회 주인아주머니가 내 행동을 보고 무서워했다. 그다음 날 옆집 쌀가게 점원과 어제 다방에서 있었던 이야기를 했다. 점원 친구는 "그 자식이 금호동 깡패이고 네가 만약 그 사람을 쳤다면 여기서는 다 살았다"며 큰일 날 뻔했다고 하는 것이다. 하룻강아지 범 무서운 줄 모른다고 시골 촌놈이 서울에 와서 큰 사고를 칠 뻔한 사건이었다.

이런 일, 저런 일을 하며 강남 상회에서의 생활은 계속되었는데, 그 집에는 수양아들이 하나 있었다. 내가 상회 수금을 하러 다니니 돈 쓸 일이 있으면 내게 부탁하곤 했는데 용돈을 달라는 횟수가 점점 늘어났다. 장사도 덜 되는데 자꾸 용돈을 빼서 쓰면 안 되겠다는 생각이 들어 처음으로 거절을 했다. 그랬더니 수양아들이 내가 돈을 마음대로 빼서 갖는다며 상회 주인에게 거짓말을 했고, 나는 그 길로 일자리를 잃고 말았다.

억울한 마음에 나갈 때 나가더라도 진실은 말해야겠다 싶어서 주인아주머니가 있는 데서 사실대로 다 폭로했다. 그래도 주인아주머니는 수양아들 편이었다. 그 모습이 답답해서 언성이 높아지다 보니 수양아들과 나의 말이 거칠어졌고, 마실 갔다가 집에 돌아온 주인 사장님이 내가 나가면서 행패를 부리는 거라 생각하고 때리려 했다. 나는 재빨리 뛰어서 도망쳤다. 도망쳐 나온 것은 생생한 기억인데 그날 밤 어디에서 어떻게 잠을 잤는지는 기억에 없다.

후에 공병 장사를 하면서 금호동에 가면 꼭 강남 상회에 들러 싸가지고 다니는 도시락 밥을 먹었고, 내가 나가고 나서 들어온 점원은 아침에 문을 빨리 안 열어서 주인아주머니가 여신다고 했다. 그러면서 너는 부지런하니 어디서든 잘살 거라며 내 앞날을 축복해주시기도 했다.

・ ・ ・ ・

 그렇게 강남 상회를 나와 고물상을 하는 육촌 형님 집에 찾아갔다. 금호동 가게에서 있었던 이야기를 했더니 거래하던 가게에서 빈 병을 사다가 경동시장 영미 상사에 갖다 팔아보라며 헌 자전거를 한 대 주셨다. 그래서 육촌 여동생 향순이가 싸주는 한끼 30원짜리 도시락을 자전거에 싣고 강남 상회와 거래하는 집을 다니며 공병 수집을 해서 경동시장 영미 상사에 팔았다.

 하루는 1.8L가 들어가는 소주병을 거꾸로 박아서 5짝 됫병 100개를 싣고 금호동에서 새 고개를 넘어 마장동 시외버스터미널 앞을 지나는데 시외버스가 내 자전거를 의식하고 내가 지나간 후 큰길로 들어서려고 천천히 나왔다. 그런데 갑자기 버스 옆에서 여자가 무단횡단을 해서 자전거 앞을 지나갔다. 나는 그 여자를 자전거로 안 치기 위해 버스 쪽으로 방향을 틀었다. 자전거는 버스와 부딪쳐 쓰러졌다. 여자는 가버리고 없었다. 나는 버스의 벗겨진 도색을 배상하라고 할까 봐 걱정이 되었다. 경찰이 오자 버스 운전수는 자전거가 받았다고 하고 나는 버스가 받았다고 하면서 서로 실랑이가 벌어졌다. 경찰은 그냥 없었던 일로 하고 손해 배상 없이 서로 그만두기로 하자며 떠났다.

나는 정의를 늘 외치던 사람이었지만 가난과 돈 앞에서는 항상 정의롭지 못했다. 내가 버스를 받고도 돈이 무서워서 버스가 받았다고 우겨댄 것이 지금 생각하면 참 부끄럽다. 가난은 사람을 천하게 만든다.

설상가상으로 공병 장사도 하기가 어려워졌다. 내가 공병을 수집하기 시작하니까 기존에 하던 공병 장사가 가게에 현금을 준 것이다. 가게에서는 현금 병값을 받았으니 나에게 공병을 줄 수 없다는 것이었다. 나는 새로운 가게를 다니며 공병 수집을 하려고 했지만 다 단골이 잡혀있어서 거래처를 구할 수 없었다.

• • •

공병 장사는 3개월 만에 끝이 났다. 장사도 못 하고, 돈은 다 떨어져 육촌 형네 집에서 고민에 빠졌다. 남의 돈이라도 빼앗아서 시골로 돌아가지 않고 서울에서 장사를 더 해보고 싶다는 생각이 들었다. 마음속에서 선한 마음이 점차 없어지고 나쁜 마음의 노예가 되어 가고 있었다. 태권도 4급 실력으로 인적이 드문 제방에 가서 서 있다가 누가 지나가면 "여보시오. 담배 불 좀 빌립시다" 하고 말을 건 뒤 라이터를 주려고 꺼내는 순간 주먹으로 한 대 쳐 지갑을 빼앗아 달아난다는 계획을 세우고 제방에 밤에 가 있었는데 정말 사람이 지나갔다. 3일 동안 세운 계획이었는데 결국 실행할 수 없었다.

한 사람을 보내고 다시 시간이 흘렀다. 내 마음속에서 바른 마음이 서서히 자리를 찾아갔다. '아니야, 이러면 안 되지' 악한 자의 생각을 선한 자의 마음이 억누르고 나는 선한 자의 노예가 되어서 집에 돌아왔다. 향순이 육촌 여동생이 어디 갔다 왔느냐고 묻길래 밖에 바람 쐬러 갔다 왔다고 했다.

지금 그때 일을 떠올려 본다. 밤길을 다니는 사람이 돈을 몇 푼이나 가지고 다니겠으며 돈을 많이 가지고 누가 그런 외딴길을 가겠는가. 만약 내가 계획한 대로 실행했더라면 나를 잡으려고 형사들이 온 동네방네로 퍼질 것이고, 내가 묵은 육촌 형님네 집은 얼마나 큰 근심에 싸였을까? 육촌 형은 나를 위해서 자전거까지 주시며 도와주셨는데 실망이 얼마나 크셨을까?

나의 부끄러운 그늘진 과거를 숨기고 싶지만 현재와 과거의 나는 다른 사람이고 환경에 따라서, 처지에 따라서 바뀔 수밖에 없는 것이 인간이다. 카멜레온은 외부 온도에 따라 피부색을 바꾸지만 사람은 안 보이는 마음속이 카멜레온보다 더 자주 바뀐다는 것을 체험했다. 이제는 어디서 무슨 사건이 일어났다고 하면 그 사람을 아주 나쁘게만 볼 것이 아니라 '얼마나 환경이 취약했으면 그랬을까' 하는 생각이 든다. 선과 악 두 마음이 누구에게나 존재하는데 못된 생각을 깊이 고민하면 악의 노예가 되어 그런 행동을 하게 되고, 좋은 생각을 깊게 하면 선의 노예가 되어서 좋은 일만 할 수 있다. 그러나 나쁜 환경에 처하게 되면 선한 생각보다 악한 생각의 지배를 많이 받게 되므로 좋은 환경을 누구나 바라지만 그것이 마음대로 되진 않는다.

한번 빗나간 생각은 인생을 좌우한다. 나는 바른 길로 살기를 원했기에 악한 생각에 속지 않으려고 무진 애를 썼다. 우울했던 과거를 떠올리니 부끄럽지만 그런 마음속 갈등을 당당하게 이겨 냈기에 지금의 내가 있다.

흐르는 물은 바위를
매끄럽게 다듬고 변형시킨다지만,
지나가는 세월은 내 마음을
점점 독하게 변화시켰고
나를 다른 사람으로 만들었다.
그럼에도 불구하고 환경에 지배되지 않으려고
치열하게 발버둥 치던 청년기였다.

고향으로 돌아오다

　　강남 상회부터 시작해 이런저런 일로 서울살이를 마무리하고 어머니가 계신 망경동으로 돌아왔다. 얼마 후 와수리 제일 상회에서 사람을 구한다고 해서 제일 상회에 들어갔다. 제일 상회는 나의 초등학교 여동창생 집이 운영하는 상회였다.

　　내 나이도 벌써 25살 청년이 되었다. 그런데 월급은 1,500원 남짓이었다. 한 달 월급에서 신발 사 신고, 작업복 사 입고, 일하면서 손에 끼는 목장갑까지 사고 나면 수중에 남는 돈이 별로 없었다. 당시에는 일하는 사람이 알아서 자기가 필요한 물건을 사서 써야 했던 시대였다. 돈이 아까워서 목장갑이 해지면 그 장갑을 바늘로 기워서 사용했다. 지금은 그렇게 좀도둑질하면 징역을 살거나 처벌을 받지만, 예전에는 점원이 도둑질로 생각 안 하고 가게에서 물건을 빼먹어 부수입을 올리곤 했다. 먼저 일하던 점원이 나가면서 후임에게 물건 빼먹는 방법을 가르쳐 주기도 하던 시절이었다.

처음 상회에 들어가니 송동에 산다는 친구가 나와 마음도 맞고 재미있게 물건도 빼먹으며 가게 일을 했는데 백쥐 기르는 곳에서 월급을 많이 준다는 소문에 친구가 그곳으로 이직하고 말았다. 그러고 나서 새 사람이 들어왔는데 음료수 한 병을 먹어도 눈치 없이 먹고 주인한테 물증을 남겨서 내가 그 동료에게 "조심해서 먹으라"고 싫은 소리를 했다. 그렇게 새로 들어온 강 씨와는 가깝게 지내지 못했다.

어느 날, 추석 대목으로 사과가 50여 상자쯤 상회로 들어왔다. 물건이 많아서 가게 안에 못 쌓아두고 밖에 쌓아놓고 팔았다. 그때가 얼마 안 있으면 형 잔칫날이었다. '내 수중에 돈이 없으니 사과 한 짝을 슬쩍해 형 잔치에 갖다주어야 되겠다' 생각하고 있었는데 예전 태권도장 후배가 지나가기에 어디 갔다 오느냐고 물었다. 그랬더니 그놈이 못 들은 척하고

지나가는 것이 아닌가. 괘씸해서 혼내주려고 다가갔더니 내게 맞을까 봐 그랬는지 미안하다며 내게 사과하고 지나간 일이 있었다. 그 친구가 사과 짝을 숨겨 놓을 곳이 없으면 자기 집에 가져다 놓으라고 호의를 베푼다. 후에 알게 되었지만 그건 진심이 아니라 나에게 보복하기 위한 말이었다. 나는 그런 줄도 모르고 사과 한 짝을 슬쩍해서 그 친구네 마루에 갖다 놓았다.

그런데 그다음 날이 되자 별안간 그 친구가 "사과 한 짝을 빨리 치우라"고 했다. 어제 한 말과는 달리 나를 코너로 모는 것이었다. 나는 사과를 친척뻘 되는 콩나물 공장에 우선 옮겼다. 콩나물 공장 부인이 나와 친척이고 콩나물 공장 주인은 공교롭게도 제일 상회에 새로 들어온 강 씨와 친척 간이었다.

강 씨가 콩나물 공장에 왔다가 제일 상회에서 파는 사과 짝인 것을 알고 나를 내보내기 위해 제일 상회 주인에게 이 사실을 고자질했다. 이렇게 사과 한 짝 슬쩍한 사건으로 나는 제일 상회를 그만두어야 했다.

지금 생각하면 100% 내가 잘못한 일이고 내 탓으로 일자리를 잃은 것이다. 나의 좀도둑질을 고자질한 후배가 나쁜 것이 아니다. 25kg이나 되는 사과 짝을 200m 떨어진 곳까지 옮기는데 내 마음속으로는 말할 수 없는 모욕감과 부끄러움을 느꼈다. 나의 경솔한 짓을 후회했고 이제 다시 이 짓은 못 하겠다고 맹세했다.

가난은 사람을 추하게 만들고

깨끗한 양심을 파먹는 벌레다.

생존에만 급급하던 시절이라

비양심의 세계로 나도 모르게 빠져들어 갔다.

지금 같은 시대에는 절대로

일어나서는 안 될 일이지만

모두가 가난하던 그때는

이런 말도 안 되는 일들이 일상이었다.

월급이 두 배로 오르다

　　　　　　　　나는 제일 상회에서 나와 동네 사람의 소개로 동대문 시장 과일가게 점원으로 일하게 되었다. 다시 서울로 간 것이다. 지금 생각해 보면 이리저리 옮겨 다니기도 잘했던 때인데 나뿐만 아니라 그 당시에는 하루 벌어 하루 먹고사는 사람들이 많았다.

　새로 가는 곳의 월급은 2,000원이었다. 내가 받아본 월급 중에 가장 많은 돈을 주는 곳이었다. 그곳에서 일주일 일하고 있자니 형의 결혼식 날이 다가왔다. 형 잔치에 사과 한 짝 슬쩍해서 주려다가 제일 상회에서 쫓겨났으니 이제는 내 돈으로 잔치에 쓸 것들을 보내주어야 했다. 과일가게 주인에게 형 결혼식에 다녀오겠다고 말하고 싶었지만 들어온 지 일주일밖에 안 되었는데 고향에 다녀온다고 말하다간 아주 가 버리라고 할까 봐 일만 열심히 했다. 형은 우리 집 겨울 먹을 양식도 없는데 철없이 결혼식을 한단다. 나는 첫 월급을 받아서 비누, 성냥, 양초, 칫솔 등 생활필수품을 도매로 사서 화물로 집에 부쳐주었다. 후에 들었지만 어머니는 그걸 받아서 이고 지고 다니며 팔아 겨울을 나셨다고 했다.

하루는 과일가게 주인이 나와 같이 일하던 점원에게 남산에 가서 하루 놀고 오라는 것이었다. 영문도 모르고 서울 남산에 가서 놀다가 저녁에 가게로 돌아오니 가게 사과 상자마다 빨간 딱지가 붙어있었다. 나중에 알고 보니 부인이 바람을 피워서 사장님이 부인의 머리를 박박 깎아놓았고, 살림이 다 풍비박산 나서 돈이 없으니 좋은 과일은 현금 주는 가게가 사가고 색이 푸르스름하고 맛없는 과일만 가져오게 된 것이다. 볼품없는 과일은 상품성이 떨어져서 잘 팔리지 않고 빚만 져서 압류를 당한 것이었다.

사장님은 인품도 좋고 동대문 시장 과일상 중에선 제일 양반이신데도 가정이 편치 않으니 가사가 기울어진 것이다. 사장님이 내게 고향으로 다시 가면 뭐 할 일이 있느냐기에 없다고 했더니 진흥 상회라는 다른 가게를 소개해 주면서 그 집에서 월급 얼마 받았느냐고 물으면 "3,000원 받았다"고 대답하라고 알려주었다. 그 후 가게에서 나와 진흥 상회로 가게 되었고 식대는 하루 별도로 100원을 받았다. 동대문 극장에 가면 콩나물국만 주는 백반이 일반 음식점에서 파는 밥값의 반값인 30원이었고, 꽁치 한 마리를 추가하면 40원에 밥을 먹을 수 있었다. 그러면 100원을 받아서 하루 세끼 먹고, 화장실 다니고 잠은 판자로 된 사과 상자 두 줄 10개를 깔고 가게에서 여름이고 겨울이고 날 수 있었다. 이불 하나 가져간 것으로 반쪽은 깔고 반쪽은 덮으면서 자는데 겨울에는 춥지만 젊은 나이라 그럭저럭 견딜 수 있었다. 나는 넉살 좋게 손님과 흥정을 잘하고 호객행위를 잘해서 매상을 많이 올려 주었다. 가게 사장님은 일 잘하는 내게 월급 1,000원을 더 올려 주어서 한 달 4,000원을 받게 되었다.

. . .

가게 일은 적응이 되어서 하루하루 무료하게 보내던 중에 잡지 책에서 나오는 '펜팔 구함'에서 아무나 골라 편지를 썼더니 자매간인 두 여자가 찾아왔다. 몇 번 찾아와서 밥도 같이 먹고 놀던 어느 날 내게 돈 좀 빌려달라기에 모아두었던 2,000원을 빌려주었다. 그러고는 얼마 동안 소식이 뚝 끊어졌고 용산 서부이촌동에 살았는데 대전으로 이사를 가게 되었다며 더 만날 기회가 없어서 미안하다는 편지 한 통만이 날아왔다. 돈도 동봉하지 않고 이런 편지를 썼다는 건 내 돈은 돌려줄 마음이 없다는 뜻이었다. 나는 그 여자에게 이용만 당한 상황이 되고 말았다. 나는 공과 사를 구분하지 못하고 반칙하는 사람을 제일 싫어한다. 나는 함께 일하는 점원 친구와 편지 주소에 의지해 용산 서부이촌동을 처음 찾아갔다. 가게 문을 닫고 밤 8시경 집에 찾아가니 내 목소리를 알고 자매 중 동생이 나왔다.

집은 판자촌 부엌을 통해서 안방으로 들어가는 구조였다. 동생은 "언니는 의정부 언니네 집으로 돌아갔다"고 말하고는 집으로 들어가 버렸다. 여기까지 와서 못 만나고 가면 돈도 떼이고 바보가 되는 것 같아 화가 치밀었다. 눈치에 동생이 한 말은 거짓말인 듯해 용기를 내어서 부엌으로 들어가 방문을 무조건 열어젖혔다. 온 식구가 방에 이불을 펴고 다 누

위 있었다. 깜짝 놀란 그 집 어머님이 "내가 나갈 테니 밖에서 조금만 기다려 달라"고 했다. 어머니가 나오시더니 "우리 딸이 무척 착하고 그런데 어떻게 그런 실수를 하고 다녔는지 모르겠다" 하시면서 미안하게 되었다고 2,000원을 내 손에 쥐여 주었다. 돈도 돌려받았고, 잃은 것은 없었지만 내 딴에는 그 자매에게 정을 주었는데 그들은 나를 이용하려 들었다는 생각에 참 씁쓸한 경험이었다.

・ ・ ・

서울 보문동에서 보문 상회를 한다는 젊은 여자가 사과, 배 등을 사러 우리 가게를 찾았다. 그 여자는 제주에서 온 어린 아이 하나를 데리고 가게를 운영하며 먹고산다고 했다. 그런데 과일을 사러 올 때마다 30분이 넘게 나와 이런저런 이야기를 나누다 보니 나중에는 내게 용돈도 주었다. 나와 함께 일하는 상권이에게는 안 주고 나에게만 주는 것이었다. 추석 때 고향에 간다 하니 과자 선물 세트도 주고, 자기 장사를 하는 사람이라 그런지 인심이 후했다.

사랑과 기침은 감출 수 없다는데 매번 물건을 사러 오면 무슨 이야기가 그렇게 많은지 나도 그 여자와 박자가 맞아서 즐겁게 대화를 나누던 것이 기억난다. 돈 벌어 밍크코트를 사서 입었다느니 하며 여자는 돈을 쓰는 데에 거침이 없었다. 우리 가게 사장님은 배가 아파서 가게로 그 여자의 전화가 오면 내가 금강산에 가서 지금 없다는 둥 거짓말을 했다가 또다시 있다고 했다가 하며 시샘을 냈다.

그녀가 한번 보문 상회에 와보라고 몇 번이나 말을 했지만 사는 게 바빠 한 번도 가보지 못했다. 그녀를 만날 때마다 대

화가 잘 통해서 행복했지만, 아마 내 마음속에 그 여자와 나는 환경이 하늘과 땅 차이보다도 커서 감히 올려다볼 나무가 되지 못한다는 생각이 있었던 것 같다.

지금도 사실 순수한 마음으로 참 궁금하다. 그 여자는 어디서 어떻게 살고 있었을까. 그리고 그 여자의 진짜 정체는 무엇이었을까. 나에 대해 어떤 마음을 가지고 있었던 것일까 하고 말이다. 놀러 와보라고 한 말에 선뜻 가보지 못한 아쉬움도 마음에 남는 여인이었다.

'가난은 생각 속에 몸을 숨기고 돈지갑 앞에 굴복한다.'

'가난은 수치가 아니지만, 몹시 불편한 것이다.'

나는 돈을 버는 일에 있어서는

누구보다 용감했지만

사랑을 쟁취하는 데에는

참 자신감이 없는 사람이었다.

'가난이 사람을 현명하게도 만들고

처절하게도 만든다' 지만

내게 있어서 가난은

내 존재를 작고 편협하게 만들었다.

자전거 용달

동대문 과일 시장에서 일한 지
도 벌써 2년이 되어 갔다. 시장 사람들과의 친분도 쌓이고 일
도 몸에 익어서 이제는 돈을 더 만들 수 있는 다른 일을 해볼
까 하는 생각이 들었다. 자전거 용달은 손님이 시장에서 산
물건을 자전거로 목적지까지 운반해 주고 운임을 받는 것인
데, 월 4,000원을 받는 것보다 돈을 더 벌 수 있을 것 같았다.
하지만 자전거를 마련할 돈이 없었다. 그간 번 돈은 고향에
보내서 생활비로 다 쓰이고 한 푼도 남아있질 않았다.

나는 어머니가 사시는 청양 4리 망경동 집으로 돌아와 어

머니께 자전거 한 대 마련할 값을 얻어달라고 했다. 어머니가 와수리 승숙이네 집에 가서 이자를 쳐서 주기로 하고 빌려다 주었다. 내가 살면서 처음으로 남의 돈을 얻어 보았다. 나는 그 돈을 가지고 서울로 가서 고물장사를 하는 형님에게 중고 자전거 7,000원짜리를 하나 구해달라고 했다. 자전거를 오래 탄 형님과 청량리 시장에서 7,000원짜리 자전거를 찾으니 쓸 만한 자전거가 없었다. 형님은 자신이 보증을 설 테니 15,000 원에 새 자전거를 사는 게 어떻겠냐고 권했다. 당시 15,000원 은 수중에 있었지만 혹시라도 돈을 못 벌면 굶지나 않을까 싶 어서 꼭 7,000원짜리 자전거를 사야 한다고 우겼다. 내가 말 을 안 들으니 형님은 지쳐서 "네 마음대로 하라"며 나를 두고 가버리셨다.

겨우겨우 혼자서 7,000원짜리 자전거를 구해 끌고 왔는데 산 지 한 달 만에 고치는 값이 16,000원이 들어가서 23,000 원짜리 자전거가 되고 말았다. 자전거에 대한 경험이 없어 서 손해를 입은 것이다. 고물상 형님의 말을 들었더라면 이런 손해는 안 봤을 텐데… 역시 전문가의 말을 들었어야 했다. 시골 자전거는 보통 쌀 한 가마 정도 싣지만 시장통에서는 240kg까지 싣고 타고 간다. 그래서 시골 자전거 타는 식으로 핸들만 잡고 밀어 타려면 다 넘어가고 못 탄다. 요령과 기술이 필요하다.

자전거 용달을 하기 위해 볏짚으로 감싼 달걀과 바나나를 싣고 삼선동 삼선 상회로 가는 연습을 하다가 그만 자전거가 넘어졌다. 삼선 상회에 도착해서 볏짚 꾸러미 속에 든 달걀을 보니 흰자위는 다 새어 나가고 노른자만 든 상태가 되고 말았다. 주인아주머니는 자기네는 안 먹으니 중국집에 팔든지 마음대로 하라고 했다. 나는 팔 데는 없고 부침개 모양으로 한데 부쳐달라고 했다. 달걀 파손비로 앞으로 몇 번 더 공짜로 짐을 날라주기로 하고 그 달걀부침을 먹으려니 맛이 없었다. 두 번 떼어먹고 못 먹었다.

자전거 용달 숙련자는 사과 12짝(사과 한 짝은 22kg 정도다)을 싣고도 날랐다. 나는 최고가 8짝이었다. 그렇게 많은 짐을 싣고 가다가 넘어지기라도 하면 상품이 파손되는 것은 당연하고 크게 사고가 나서 죽을 수도 있었다. 나는 자전거 용달을 한 지 보름 만에 옆구리가 가지 껍질을 가져다 붙인 모양으로 멍이 들었다. 자전거 용달을 쉽게 봤는데 초보 자전거 용달은 정말 힘들고 내 체질에도 맞지 않는 것 같았다. 과일가게 점원으로 일할 때 붙었던 살은 다 없어지고 가죽만 남아 내 몰골이 말이 아니었다.

　용산 철도 병원까지 50원 운임을 받기로 하고 짐을 가져다 주고 오는 도중에 용산 삼각지 로터리 밑에서 경찰을 만났다. 경찰은 자전거가 지나가면 안 되는 길로 왔다며 딱지를 떼려고 했다. 50원 벌러 왔다가 500원 딱지를 떼일 처지였다. 나는 페달을 세게 밟으며 도망가려고 했다. 그런데 생각지도 못한 서울역 방향 경사지를 만나 도망도 못 가고 경찰한테 잡혔다. 경찰은 여지없이 딱지를 떼려고 했다. 나는 강원도에서 와서 짐을 날라 먹고사는데 몸이 이렇게 되었다며 옷을 들추고 오른쪽 갈비뼈를 보여주었다. 멍든 내 옆구리를 보고는 경찰들이 측은했는지 그냥 가라고 놓아주었다. 그래서 고맙다고 인사를 꾸벅하고는 시장으로 왔다.

　'서울이 좋다고 하지만 나는야 싫어'라는 노래 가사처럼 서울에서의 생활은 정말 힘들었다.

고생은 추억이 되고 지금 생각하면
웃음만 나오는 일들이지만,
겪었던 그때는 참 고달프고
서러운 순간이 많았다.
글을 쓰며 떠올리는
나의 20대 시절은
아득히 먼 한낱 꿈 같다.

구두 행상

자전거 용달로 돈 벌기는 틀렸
고 그냥저냥 지내다 내 눈에 들어온 것이 하나 있었다. 자전
거 파는 친구들이 운동화처럼 생긴 가죽 구두를 사서 신곤 했
는데 그 구두가 내 눈에 마치 '사자 눈에 먹잇감'처럼 탁 들어
왔다. 구두값은 500원이었다. '이 구두를 사서 팔면 나도 돈
좀 벌 수 있겠다'는 생각이 들어서 그 구두를 사 신은 용달 친
구에게 그 구두장수가 오면 좀 알려달라고 부탁을 해놓았다.
그리고 며칠 뒤, 동대문 시장에 구두장수가 나타났다.

나는 우선 3켤레를 사고 나서 구두공장이 어디냐고 물으니

구두장수는 공장은 아니고 자기 집 주소를 주기에 며칠 후 찾아갔다. 응봉동 산중턱 문 입구 집 마당에서 무슨 망치소리가 나서 들어가니 5~6명이 구두를 만들고 있었다. 나는 들어가 구두장수를 통해서 알고 오게 되었다 하고 구두를 몇 켤레 사서 자전거에 싣고 어머니가 계신 망경동 집에 와서 형수님이 싸주는 보리밥을 싣고 다니면서 운천, 동송, 와수리를 돌며 팔았다. 하루는 집에 와보니 응봉동 구두공장 사장님이 우리 집에 와 있었다.

예전에 구두를 떼어다 팔던 사람이 사라졌으니 서울에 와서 자기네 집에 숙식하며 구두를 팔아보는 게 어떻겠냐는 제안을 했다. 그러고는 "신씨 부자 만들어 드리겠소!" 하는 것이었다. 정말 내게는 행운의 소식이었다. 나는 자전거 용달을 하면서 서울 지리도 잘 알았기에 장사를 하는 것은 걱정이 안 되었다.

그다음 날 나는 바로 자전거에 이불 보따리를 싣고 응봉동 공장에 도착해 구두장수를 시작했는데 자전거에 싣고 다니니 하루 팔다가 잃어버리는 구두가 생겼다. 나는 왕십리 중앙시장에서 구두 20켤레가 들어가는 중고 가방 큰 것을 사 가지고 메고 다니며 팔았다. 그러니 잃어버리는 구두가 없었다. 과일

가게 점원으로 월급 3,000원 받던 것을 하루에 벌기도 하고 수입이 좋았다. 공장에서 나오는 구두를 나 혼자서 다 팔지 못하는 지경이 되자 사장 부인도 팔러 나갔는데, 주인 사장님이 "아내는 살림도 해야 하니 신씨가 행상을 좀 더 구해보라"고 제안했다. 저녁밥은 그 집에서 공짜로 먹었는데 주인 아주머니가 솜씨가 뛰어나 아주 잘 차려 주어서 좋았다.

그나저나 행상을 어디서 어떻게 구해야 하나 고민이 되었다. 하루는 남대문 시장 퇴계로 옆 보도에 보자기를 깔고 구두를 펴 놓았는데 1시간도 되지 않아 다 팔렸다. 양말장수 1명과 넝마장수 1명이 구두 2켤레씩을 안고 있다가 자기도 어디다 팔아먹게 좀 깎아 달라고 했다. 양말장수는 자기도 팔게 구두공장 좀 알려달라고 졸랐다.

저녁에 구두공장에 들어오니 행상 하나가 내 소개로 찾아왔었다고 한다. 어떻게 생겼느냐고 했더니 몸이 뚱뚱한 사람이라고 했다. 내가 가르쳐 준 사람은 호리호리한 사람이었는데, 나중에 알고 보니 양말장수는 그날 못 찾아오고 옆에 있던 넝마장수가 어깨너머로 보고 찾아온 것이었다. 넝마장수는 대한민국 곳곳을 돌아다닌 사람이라 그런지 나보다 구두를 잘 팔았고 양말장수는 얼마 못하고 그만두었다.

수중에 돈이 좀 모여서 보증금을 빌렸던 형님네 집에 갚으러 갔더니 어려운 처지가 되어 살기가 힘드니 자기도 그 장사를 시켜달라는 것이었다. 이제는 사람이 더 필요 없는데도 형님의 사정이 딱해 구두장수를 시켰고 또 우리 사촌 형도 군대 월남 파병 갔다가 제대를 했는데 내게 부탁을 해서 또 구두장수를 시켰다. 급기야 행상이 너무 많아져서 공장에서 생산되는 양이 따라가지를 못할 지경이 되었다. 내가 다 데려온 구두장수지만 내가 물량을 먼저 갖고 그들이 나중에 가져가야 한다는 원칙을 저버리고 그들이 나보다 더 먼저 가져가려고 난리를 피웠다.

주인 사장의 마음도 순식간에 변하고 말았다. 나를 내보내면 딸 방이 빠져서 딸과 같이 안 자게 되니 오히려 구두를 나보다 그들에게 더 주려고 했다. 똥 싸러 갈 때와 나올 때가 다르다더니 내가 일한 공은 다 어디로 가고 이제 내가 밀리는 신세가 되고 말았다. 내가 구두장수를 시켜준 두 형도 양심을 잃은 모습을 보니 다 꼴보기 싫고 세상 믿을 놈 하나 없다는 말이 내 코에 닿았다. 구두를 만드는 공장 기술자들도 나의 일을 다 보더니 선구자를 배반하는 공장 사장이 어디 있냐며 이제 자기들이 미아리에 공장을 차릴 것이니 나더러 미아리 공장으로 함께 가자고 했다.

그렇게 미아리 공장으로 옮겨 계속 구두장수 생활을 이어 갔다. 그러나 세상일은 때와 기회가 있고 영원하지 않은 것 같다. 서울 곳곳에 8군데 같은 구두 공장이 생겼고, 품질을 보증할 수 없는 모양만 흉내 낸 형편없는 가짜 구두가 서울 시내에 퍼져서 더 이상 구두를 팔 수 없는 상황이 되어버리고 말았다. 파란만장했던 구두장수도 그렇게 막을 내렸다.

사람은 자기가 궁할 때는

아쉬운 소리를 하다가

막상 그 궁함이 해소되고 나면

마음이 변해 버린다.

안타깝게도 그런 사람을 참 많이 만났다.

그래서 사람 속은 알 수가 없고,

쉽게 믿어서도 안 된다.

구멍가게를 차리다

내가 구두 장사를 해서 모은 돈과 형님이 내 돈으로 사서 기르던 중소 한 마리를 8만 원에 팔고, 망경동 집을 매매한 돈 15,000원을 합쳐 약 30만 원으로 양주군에 구멍가게 하나를 샀다. 그때 내 나이가 스물일곱이었다.

어머니와 형까지 구멍가게 운영을 함께 하게 되었고 나는 그 구멍가게가 적자는 나지 않을지, 식구들이 밥을 먹고도 물건을 계속 유지할 수 있는 돈이 되는지를 알기 위해 구두 장사를 병행하면서 가게에서는 잠만 자고 나왔다. 음료수 하나를 먹어도 내 가게이지만 돈을 내고 먹었다.

　내가 인천으로 구두 장사를 나가면 형과 형수, 엄마가 가게를 봤다. 그러다 보니 노는 사람이 많았다. 형은 미안하니까 자전거로 청량리 시장에 가서 물건을 도매로 떼어다 가게에 놓고 팔았다. 그리고 밤이 되면 고물상에 가서 고물상 리어카 도부꾼들과 화투를 치고 이기면 물건을 다 팔아먹고 지면 가게 물건을 그냥 가져다주었다. 어느 날은 가게에서 화투를 하다가 도둑이 드는 줄도 몰라 물건을 절반이나 빼앗기고 말았다. 아침에 보니 가게가 텅 비어있었다. 시도 때도 없이 구멍가게에 들어와 행패를 부리는 아이들도 있었고, 가게에 들어와 돈을 내지도 않고 술을 한 잔 두 잔 마시다가 외상을 하고 나가버리는 손님도 많았다. 한 해 운영해보고 나니 가게가 늘기는커녕 물건이 자꾸만 줄었다.

　이렇게 가다가는 나도 망하고 형도 망하고 둘 다 망할 것 같았다. 그래서 형에게 "강원도 땅에 내가 농사를 지으러 가든지, 형이 농사를 지으러 가든지 둘 중 하나를 택하라"고 했다. 형은 장사는 못하겠다며 자신이 농사를 지으러 가겠다고 했다. 나는 23,000원을 쥐여 주며 형을 강원도로 보내고 내가 가게를 맡기로 했다. 그렇게 형과는 각자 생활을 하기로 했다.

　　　　　• • •

　낮에는 구두 장사하고 밤에 와서 잠만 자는데 가게 문을 닫고 있어도 밤에 물건을 달라고 문을 두드리는 사람들이 있었다. 하루는 어머니가 그런 사람에게 문을 열어 주었는데 소주를 외상으로 달라는 것이었다. 우리 어머니가 우리는 돈이 없어서 외상은 못 준다고 하니 그 사람이 가게를 날려 버린다며 행패를 부리기 시작했다. 얼마 전에 도둑맞은 것도 억울한데 가게를 날려 버린다고 하니 나는 방에서 듣고 있다가 화가 치밀어서 밖으로 나와 그자를 말없이 목을 뒤에서 잡고 졸라 잠깐 있다가 뒤로 앉히면서 놓아버렸다. 그자는 뒤로 넘어지더니 아스팔트에 부딪쳤다. 정신이 바싹 들었는지 냅다 도망쳐 버렸다.

　얼마 후 일행 4명을 데려오더니 부엌문을 칼로 찌르면서 나를 나오라고 했다. 그때 나는 세숫대야라도 하나 들고 나가서 그 대야로 칼을 막고 혼을 내주어야겠다고 생각했는데 어머니가 나가지 말라며 말리셨다. 그 후 나는 금곡파출소에 신고했고 얼마 후 경찰이 왔다. 난데없는 경찰의 등장에 일행은 다 도망가고 내가 목덜미를 잡았다가 놓아준 사람만 남았다.

둘이서 금곡파출소에 가서 경찰의 말을 들었다. 밤에 문 닫은 가게에 와서 난동을 부렸으니 상대는 '주거 침입 죄' 나는 사람 머리에 상처를 냈으니 '상해죄'가 있다며 둘 다 문제가 있다고 했다. 나는 무슨 다른 방법이 없어서 돈 가져간 것을 봉투에 넣어 경찰에게 주었더니 집으로 가란다. 나중에 알고 보니 그 사람은 우리 가게 근처 유리 공장의 상무였다. 삼화 초자 상무가 그런 짓을 하고 다니니 그 밑에 사원들은 태도가 얼마나 거칠까 싶었다.

나는 유리 공장 상무를 패준 사람으로 소문이 나서 더 이상 우리 집에 행패 부리는 공장 사람들은 못 오고, 물건을 사러 와도 벙어리처럼 일절 말을 안 하고 필요한 것만 얼른 사서 나갔다. 유리 공장 직원 중에는 영창 가는 사람이 많았다. 몇 년 뒤, 그 공장은 부도가 나는 바람에 망했고, 공장 사람들에게 물건을 외상으로 팔던 가게는 3곳이나 문을 닫고 공장과 함께 망했다. 그러나 나는 다행히 특유의 장사법으로 살아남을 수 있었다.

러시아 문학의 창시자 푸시킨은

"삶이 그대를 속일지라도

슬퍼하거나 노여워하지 말라"고 했다.

하지만 내가 인생을 살아오며 느낀 것은

"상식적이지 않은 사람들과는

가능하면 섞이지 않는 것이 최선이고,

대응을 해야 한다면

똑같이 비상식적인 방식으로 대처해야

함부로 얕보지 않는다"는 것이다.

나는 항상 그런 태도로 살아왔던 것 같다.

결혼과 첫딸

이웃인 바이엘 약 공장 수위의
어머니와 내 아내의 동네에서 고향이 같았던 이웃 어머니가
나의 결혼 중매에 나서서 드디어 맞선 날짜가 잡혔다. 나는
고물상에서 주워 입은 흰 와이셔츠에 내가 원래 가지고 있던
청바지를 입고 혜화동 로터리 부근 다방으로 향했다. 그 다방
에는 차와 술을 팔았는데 나는 술을 잘 못 마시지만 강인한
남자의 모습을 보여주기 위해 4홉들이 맥주 한 병을 시켜 맞
선녀에게 따르라고 했다. 그녀는 맥주를 처음 따라 본다며 수
줍게 잔을 채우다가 그만 술이 넘쳐 테이블로 흘러내렸다.

맞선녀는 조신하기보다는 덤벙대고 쾌활한 성격인 것 같았다. 우리는 며칠 뒤에 다시 만나자는 약속을 하고 다방에서 나와 헤어졌다. 집에 와서 며칠 생각하니 나와는 안 맞는 것 같다는 생각이 들어서 만나자고 약속한 날 만남 장소에 가지 않았다. 그런데 중매를 해주신 동네 어머님이 우리 가게에 오셔서 "그 처녀가 그날 다방에 갔다가 그냥 돌아갔다 하더라"면서 그녀가 나를 좋아하는 눈치더라고 전해주셨다. 가난하고 부족한 나를 좋아한다는 사람이 있다니 기분이 묘했다. 나는 곰곰이 생각하다 마음을 바꾸기로 했다.

나를 좋아한다는 말에 나도 그 처녀를 좋아하기로 하고 결혼식 날을 정했다. 따뜻한 춘삼월에 육촌 형네 고물상 마당에서 나는 동네 사람들이 만들어 준 기마전 말 위에 타고 축하객들의 환영을 받으면서 결혼식을 올리고 마음껏 마시고 즐기며 잘 마무리지었다. 막상 결혼식을 하고 나니 서로의 마음이 달라서 싸움도 했다. 그러면서 서로의 마음을 이해하려 했고 28살에 결혼해서 29살 여름에 첫딸 선희를 얻었다. 나도 이제 선희 아버지가 된 것이다. 책임져야 할 식구가 늘어 어깨의 짐은 더 무거워졌지만 나는 진심으로 기뻤다. 그 후 가게를 운영하면서 신혼 생활을 하며 아내와 서로의 정을 더 탄

탄히 쌓아갔다.

　우리 부부는 가게 수입에만 기댈 수 없어서 엄마와 동생에게 가게를 맡기고 양말 장사를 시작했다. 평화시장에 가서 양말을 떼어다 가방에 넣고 둘이서 양주 일대의 마을을 이곳저곳 집집마다 다니며 양말 장사를 했다. '개 조심'이라고 쓰인 가정집에 들어갈라치면 개들이 앞니를 하얗게 내밀고 으르렁거렸다. 우리는 양말 가방으로 개 앞을 막으면서 조심조심 다닌 덕에 다행히 물린 날은 없었다.

　하루는 어느 가정집 마루에 앉아 주인아주머니와 양말 흥정을 했다. 그 아주머니는 값을 터무니없이 깎으려고 했다. 팔아도 남는 것이 하나도 없었다. 나는 거짓말을 해서 그보다 싼 양말을 주고 수입을 조금 얻었다. 장사꾼은 부모도 속인다는 말이 있다. 솔직함만 가지고 할 수 없는 것이 장사다. 우리 부부는 양말로는 돈을 벌 수 없어서 한 달 정도 하고 그만두었다.

· · ·

　나에게 가게를 판 사람이 1년 만에 우리 가게 뒤에 다시 가게를 차렸다. 가게 뒷동네 사람들은 "앞에다 가게를 팔아먹고

뒤에다 다시 차리는 놈이 어디 있느냐"며 물건을 팔아주지 않
았다. 그래서 6개월 만에 나더러 자기네 가게 물건을 다 사 가
라는 것이었다. 또 구멍가게 3년 차에는 동네 본토박이인 사
람이 우리 가게 뒷길 20m 되는 지점에 가게를 아주 크게 지
었다. 우리 가게로 오던 뒷동네 손님들이 이제는 그 가게에서
물건을 사게 되어서 우리 가게는 앞길 경춘선 가는 길 손님과
철길 건너는 작은 동네 왕자중 손님만 이용하며 수입이 절반
으로 줄었다. 이래서는 안 되겠다 싶어서 나는 17살 때 식당
에서 배운 육개장 기름을 만들어 라면을 끓여 팔았다. 고등어
통조림을 넣은 김치찌개를 끓이는데 그 기름을 조금 넣으면
맛이 시원하고 좋아서 술안주를 찾는 손님은 무조건 우리 가

게로 왔다.

　소기름을 사다가 프라이팬에 끓여서 기름만 뽑고, 그 뜨거운 기름에 생강을 기름 양만큼 넣는다. 생강이 타지 않을 정도로만 끓인 후 기름을 식히고 완전히 식기 전에 아주 최고로 부드러운 고춧가루를 섞어서 놓아두면 빨간 기름이 된다. 이 기름을 요리하는 데 조금씩 넣으면 음식 맛이 좋아진다. 어미젖도 안 떨어진 3만 원 하는 송아지를 사서 가게 뒤에 슬레이트로 비만 가리게 지붕을 덮고 기르면서 살림 경제를 일으키려 애썼지만 지독하게도 가게 상황은 점점 어려워져만 갔다.

　이후에 육촌 형님이 하는 고물상에서 리어카 한 대와 옥수수 뻥튀기 1자루를 들고 8km가 떨어진 동네까지 누벼 보았지만, 하루 300원을 벌 수 있는 날이 드물었다. 어쩌면 이렇게도 되는 일이 없는지… 매일매일이 고단했지만 나 스스로와 가족을 위해 일어서야 한다는 마음속 희망만큼은 항상 되새겨 갔다.

돌아보면 어느 하루도 순탄하지 않았다.

그럼에도 불구하고 내가 살아가는

진정한 이유를 찾고

그것을 늘 가슴에 새겨

어두운 마음속 등불을 켰다.

힘들다고 해서 희망을 놓으면

그 인생은 끝나고 만다.

맨몸으로 태어났지만,

이 세상에서 내 손으로

무언가는 반드시 일궈내고 싶었다.

농사를 짓기로 하다

경기도 양주군 미금면 일패리 나지막한 슬레이트집 구멍가게와도 이별할 시간이 다가왔다. 1974년도가 되면 춘천 가는 경춘선 국도가 1차선에서 2차선으로 확장된다고 했다. 우리 가게는 무허가 건물이라 보상도 받지 못하고 헐어야 한단다. 우리 가족은 길이 나기 전에 양주를 떠나야 했다. 구멍가게에 3년간 살면서 쌓은 추억을 가슴에 품고, 정들었던 많은 사람과 헤어질 것을 생각하니 '이제 어디로 가서 무엇을 어떻게 해야 되나' 여러 고민에 밤잠을 설치는 나날이었다. 내가 생활하던 동대문 시장 앞자리에 가서 과일가게를 해볼까 싶어 시장조사를 해보니 그간 가겟세가 올라서 가진 돈으로는 살 형편이 되지 않았다. 고향 시골로 가서 고추 빻는 방앗간을 해볼까 싶었지만 고추를 빻는 기계도 무척이나 비쌌다. 3만 원에 사서 기른 소를 판 돈 19만 원과 가게 판 돈 11만 원을 합해 철원군에 땅을 3,500평 샀다. 그렇게 1973년 어느 따스한 봄날, 우리 가족은 이사를 했다.

6톤 차 바닥에 닭똥을 싣고 그 위에 철판을 깔고 그 위에 고물상에서 얻은 양철 캐비닛 1개, 화장대 하나, 이불과 솥, 그릇, 젖소 수놈 송아지 1마리를 실은 채 정든 곳을 떠나 당장이라도 유령이 나타날 것 같은 스산함이 감도는 외딴집으로 향했다. 그날 형이 이사를 도와주었는데 어머니가 형이 어렵게 사는 것을 아시고 4,000원을 주라고 하셨다. 방 2칸에 부엌 2개가 있는 흙벽돌 초가집에 사람이 몇 년 안 살아서인지 초가지붕은 다 썩어 골이 나 있었다. 모든 것이 낯선 새로운 땅이었지만, 이곳에서 얼른 적응하지 않으면 안 되었다.

이제 농사를 지어야 하는데 농사지은 지가 하도 오래되어 기억이 가물가물했다. 당장 밭에 무엇을 심어야 될지도 고민이 되었다. 당시에는 식량이 부족해서 밭농사는 대부분 옥수수 농사가 주를 이루고 있었다. 나도 지역 사정에 따라서 옥수수 농사를 짓기로 했다. 밭은 이웃 사람이 소로 갈아주었고 옥수수는 나와 아내가 같이 심었다. 며칠이 지나니 옥수수 싹이 터서 노랗게 나오다가 햇빛을 받고 새파란 싹이 쑥쑥 자랐다. 김을 내고 거름을 주고 약을 뿌리며 가꾸어 나갔다.

어느덧 한여름이 되어 장마가 시작되었는데 늦은 밤 천장 위에서 종이 도배를 뚫고 뭔가가 우수수 떨어졌다. 오래된 초가집이라 장맛비에 천장 지붕 위의 볏짚 썩은 것이 굼벵이와 함께 방바닥에 떨어진 것이었다. 당장 잠을 자야 하니 썩은 볏짚을 치우고 비 새는 곳에 큰 그릇을 받쳐둔 채 스산한 밤을 지냈다. 그날 후 비는 멈추고 지붕 비 새는 곳을 응급 처치로 우선 고쳐 놓았는데도 밤이면 먹을 것도 없는 천장에서는 쥐들이 운동회를 벌였다. 방구들 놓은 구멍은 쥐가 파내서 다 막히고 아궁이 불을 넣어 나무를 때면 굴뚝보다 아궁이로 나오는 연기가 더 많을 정도였다. 결국 겨울이 오기 전에 구들장을 뜯어서 고치며 쉴 틈 없이 고된 하루하루를 보냈다.

설상가상으로 옥수수 재배 결과는 초라했다. 옥수수 이삭이 최소한 20cm 이상은 되어야 옥수수 장수한테 팔 수가 있는데 거름이 부족해 15cm 정도밖에 자라지 않았다. 하는 수 없이 옥수수 알곡을 떼어 오일장에 갔다 팔았고 쌀은 언감생심, 보리쌀을 사서 식량으로 삼았다. 풋옥수수들은 다 수확해서 저장해 놓고 몇몇은 절구질을 해 알맹이를 다 딴 후 옥수수 속청은 땔감으로 썼다. 목이 까끌할 정도의 청보리쌀에 반찬이라곤 소금에 절인 배추김치 하나뿐이었다. 멸치 한 마리 사 먹을 형편이 못 되었다. 못 먹고 일은 고되니 30대 나이에도 다리에 힘이 없어서 서 있기가 곤란할 정도로 몸이 쇠약해졌다.

그렇게 올해 농사가 끝나고 겨울이 오기 전에 비가 새는 지붕을 새로 고쳐야 했다. 농사지어서 얻은 수입은 없고 볏짚살 돈도 없어서 낯선 산에 올라가 억새풀을 꺾어다 지붕을 덮

어야 했다. 지금으로써는 상상할 수도 없는 인생의 외로움과 고달픔이었고, 아무리 발버둥 쳐도 이 가난에서 벗어날 수 없다는 것이 나의 마음을 아프게 했다.

• • •

1974년, 내 나이 서른 살 봄은 또 찾아왔다. 다시 올해의 농사를 시작해야 했다. 1,500평 밭에는 밭벼와 콩을 심고, 집 근처 밭 900평에는 수박을 심기로 했다. 수박은 동대문 시장에서 과일가게 점원으로 일할 때 다른 과일보다 값이 꽤 괜찮았던 기억이 있어서 선택한 작물이었다. 나는 수박 재배 책을 하나 사서 공부하며 수박 농사를 시작했다. 산에 가서 참나무 곧게 뻗은 것을 베어다가 뼈대를 세우고, 그 위에 비닐을 덮어서 하우스를 만들고, 수박씨는 책대로 포트에 싹을 틔워서 5월 초 밭에 모종을 심었다. 6월 한 달 동안 계속 곁순 따기와 거름을 주며 7월 말에 수확을 했는데 60만 원이 그 밭에서 나왔다. 그 돈은 우리 집의 엄청난 거금이 되었다. 125cc 오토바이를 한 대 샀고, 집도 헐어 살기 좋게 구조를 바꾸고, 가게도 하나 만들어 새집이 되었다.

1,500평에 심은 밭벼와 콩은 별 수입이 없었고 두더지가 하도 굴을 파고 다니는 바람에 곡식이 다 죽고 말았다. 밭벼와 콩이 죽은 자리에 배나무를 사다 심어 놓기도 했다. 이사 온 두 번째 해에 수박 농사가 잘되어 그나마 살아갈 방법과 힘을 얻었다. 고생 끝에 낙이 온다는 말처럼 1974년 여름은 내게 서른 해 만에 찾아온 행복한 순간으로 남아 있다.

'태양은 구름 뒤에서 여전히 빛난다'는 말이 있다.

서른 해가 될 동안

'내 인생은 왜 이다지도 힘들기만 한 걸까' 싶어서

하루하루 사는 것이 고행이었다.

하지만 먹구름 뒤에서도 찬란한 태양은

늘 빛나고 있었던 것 같다.

1974년 여름,

나는 드디어 그 빛을 만날 수 있었다.

둘째의 죽음과 셋째의 탄생

1974년에 둘째 재광이를 낳았다. 어찌나 인물이 빼어나게 잘생겼는지 어머니와 아내가 서로 업고 다니겠다며 말씨름을 했다. 재광이를 보는 사람마다 잘생겼다고 칭찬이 자자하니 그 인사를 듣고 싶어서 서로 자기가 업고 다니겠다고 한 것이다. 내가 봐도 참 잘생긴 아들이었다. 그런데 부모를 잘못 만나 19개월 만에 사고로 저세상에 가버렸다.

밭에 있는 큰 돌을 캐려고 화장실을 덮은 소형 슬레이트 바닥을 받치고 있던 철조망 2개 중 1개를 뽑고 그 지지대를 도로 가져다 놓지 않은 내 실수 때문이었다. 추수감사절에 아이는 엄마와 교회에 다녀와서 저녁 시간 마당에서 흰 닭을 따라 다니다가 화장실을 덮은 슬레이트를 밟았고 슬레이트 밑에 깔리는 사고가 생기고 말았다. 아이를 잃고 우리 가족들은 도끼로 가슴을 찍힌 듯 얼마나 뻐근하고 아팠는지 모른다. 아내는 반쯤 미치려다가 큰집 형수님이 굿 돈을 대주었다며 내게 거짓말을 하고 3명의 굿쟁이를 불러다가 밤새 굿을 했다. 굿을 마친 후에도 나와 아내는 마음을 잡지 못하고 미칠 지경이었으나 아내가 우연히 집 앞 행길에서 머리를 풀어헤치고 옷도 엉망으로 입은 미친 여자를 보고 '나도 정신줄을 놓으면 저 여자처럼 될 수 있겠다' 싶어 그제야 정신을 차리고 정상적인 가정생활을 하게 되었다. 먹고살려고 일할 줄만 알고 아이의 안전은 생각하지 못했다. 다 나의 잘못이었다.

지금도 재광이가 누워 있는 우리 집 옆 산골짜기 먼 곳을 쳐다보면서 그때의 슬픔을 떠올려 본다. 세월이 흐르고 흘러서 이제 나와 아내의 마음에도 딱지가 앉고 아물기를 수십 년. 모든 생각이 먼 안갯속 풍경처럼 희미해지며 자꾸 멀어져 간다.

. . .

    수박 농사의 성공으로 나는 매해 수박을 심었다. 그런데 3년
째에는 수박 모종 원줄기에 잘록병이 생겨서 줄기가 잘록하
게 말라서 죽는 포기들이 생겼다. 소독약을 물에 타서 모종
줄기에 붓으로 발라 주며 치료했고 6월 말쯤 수박이 달려서
어른 주먹만 한 게 한 포기에 1개씩 열 마디 이상에 달리게 해
서 평균 10kg으로 농사가 잘 되었다. 수확기 즈음이 다 되어
가는데 탱크 부대 군인들이 우리 수박밭 옆 하천으로 훈련을
나왔다. 수박이 다 익어가는 수박밭이 행여나 망가지지는 않

을까, 수박 도둑들이 다 훔쳐가지는 않을까 걱정이 되었다.

　아내는 셋째 재국이를 임신한 몸으로 큰 수박 1개를 따다 주면서 탱크 군인에게 잘 부탁한다며 호의를 먼저 베풀었다. 그래도 걱정이 되었던 나는 배나무에 전등을 달고 밭에 사람이 오는 것을 볼 수 있게 하여 만발의 준비를 마치고 수박밭 경비에 들어갔다. 종일 일하고 밤새워 수박밭을 지키려니 몸이 피곤해서 새벽에 잠깐 잠이 들었는데 아니나 다를까 여기저기 수박 도둑을 맞아서 수박이 없어지기도 하고 수박 덩굴이 상한 데도 있었다. 우여곡절 끝에 수박 농사를 지어서 서울 중부시장 과일 도매상에 입찰을 했는데 130만 원을 손에 쥘 수 있었다. 당시에 130만 원은 아주 큰 돈이었다. 수박도 좋은 가격에 팔고 재광이를 잃은 지 1년 만에 재국이도 태어나 우리 가정은 축제가 벌어졌다.

　죽은 재광이는 일하다 부엌에서 점심을 먹으면서 내가 지은 이름이었다. 그게 내 마음에 걸려서 태어난 아들은 이름 짓는 사람한테 가서 이름을 지어야겠다고 마음먹었다. 장에 가서 이리저리 물으니 농기구를 놓고 파는 나이 많은 장사꾼 아저씨가 "지포리 군청 뒤 논 가운데 집 한 채가 있는데 그 집 어르신이 이름을 잘 지으신다"고 일러주어 찾아갔다. 집 마당에 도착해 주인을 찾으니 머리가 하얗게 센 할아버지 한 분이 나오셔서 나를 마루에 앉혔다. 이름을 지으러 왔다고 했더니 방에 다시 들어가서 책 하나를 가지고 나와 한참 보다가 '신재국'이라는 이름을 지어주었다. 내가 이 이름의 뜻은 뭐냐고 물었다. 할아버지는 '잔잔한 호수 위에 돛단배 하나가 떠 있다'는 뜻이라고 대답했다. 호수라서 파도도 없고 바람이 불더라도 돛이 달려 있어서 이리 갔다 저리 갔다 하니 안전한 이름이라고 설명해 주었다. 나는 신재광이라는 이름의 뜻이 어떤가 싶어 할아버지에게 물었다. 이번에도 책을 한참 뒤적거리더니 "낭떠러지에 떨어져서 혼백이 놀란다"고 말해주었다. 나는 탄식을 금할 수가 없었다. 재광이는 이름의 뜻대로 정말 액비 저장 탱크 위에서 떨어져 추락사했다. 세상에는 무엇이 있다 없다 단정할 수 없다. 말문이 막힌 순간이었다.

나는 수박을 팔아 번 돈으로 가을에 논 만드는 공사를 시작했다. 그곳에 벼를 심으면 쌀도 한 40여 가마(1가마 80kg)가 나오니 보리밥 대신 쌀밥을 배불리 먹을 수 있게 될 것이었다. 고생만 하고 살다가 이제 조금씩 부유한 가정을 만들어갈 수 있겠다는 기대감과 희망이 생겨 어느 해보다도 행복했던 기억으로 남아 있다.

지나고 보니 마치 인생은
고통과 행복 사이를 왔다 갔다 하는
시계추 같다는 생각이 든다.
마냥 내려가는 것 같아도
올라가는 순간이 있고,
계속 올라가기만 할 것 같아도
내려가는 순간이 온다.

세상을 사는 방법

지경리 동네로 이사를 오니 나를 모르는 사람들이 말도 안 되는 텃세를 부리기 시작했다. 나는 어쨌든 이 동네에서 자리를 잡고 살기 위해서는 선한 사람을 몰라보고 가난한 자를 주는 것 없이 얕보는 사람들에게 본때를 보여줘야 한다고 생각했다. 그것이 내가 세상을 사는 방법이었고, 내 가족을 지키는 유일한 방어 수단이었다.

나는 순수한 마음으로 동네 사람들에게 어려움을 호소하기도 하고 도움을 요청할 때가 있었는데, 그런 것도 하지 못하면 이 동네에서 살 권리가 있네 없네 하며 아픈 마음을 더 쓰리게 하는 사람들도 많았다. 특히 가진 것이 많고 모든 게 넉넉한 사람은 어려운 사람의 입장을 이해하지 못하고 오히려 무시하고 업신여기며 괄시하는 것이 시골 주민들이었다. 사실 요즘도 크게 다르지 않다고 들었다. 도시에 살던 사람들이 여유로운 농촌 생활을 꿈꾸며 왔다가도 시골의 텃세를 견디지 못해 귀농을 포기하는 경우가 많다. 70년대 농촌도 지금과 크게 다르지 않았다. 그럴 때마다 나도 빨리 살림이 부해져서 조롱거리가 되지 말아야겠다고 다짐하며 이를 꽉 물었다.

아무리 선한 사람이라도 살면서 이런저런 희롱과 멸시 등을 받으면 복수심에 말과 행동이 거칠고 험악해진다. 사는 자리를 한번 옮기기라도 하면 나를 모르고 덤벼드는 도전자들을 물리치기 위해 하기 싫은 싸움도 해야 하고, 싸움에서 지면 여러 사람한테 먹잇감이 되는 치욕을 견뎌야 했다. 그래서 나는 여러 사람의 타깃이 되지 않으려고 벌같이 쏘고 독사같이 덤벼들며 나의 본 선한 마음은 내면에 두고 겉마음은 항상 방어 태세로 나를 감추며 살아가야 했다. 수시로 이런저런 천대를 받으며 살다 보니 독함만 남아 악착같이 나와 가족을 지키려고 애쓴 삶이었다.

이 글을 읽는 독자 중에 팔자가 좋아서 평생 한곳에 살고 계신 주민들이 있다면 이방인이라고 적대시하지 말고 사랑해 주고 관심을 가져 주었으면 좋겠다. 이방인도 우리와 조금도 다름없이 똑같은 사람이고 알고 보면 똑같은 이웃사촌이다. 대한민국 국민이라면 어디를 가나 즐겁게 살 수 있었으면 좋겠다.

· · ·

지경리에 2대 이장이 부임했다. 우리는 가게를 하면서 전화 1대를 신청했는데 이장이 대뜸 우리 가게가 군부대로 들어가는 전화 전봇대를 이용하기 때문에 그 고마움으로 군부대에 전화기 1대를 사주어야 한다는 희한한 논리를 내세웠다. 나는 동네 우체국에 찾아가서 "부대로 들어가는 전봇대에 우리 집으로 오는 전화선이 따라오기 때문에 우리가 전화기 1대를 부대에 사주어야 된다고 이장이 그러는데 그게 맞냐"고 물었다. 우체국 직원은 "군부대 전봇대와 가게 전화선과는 아무 상관도 없고 전주대는 우체국 소유이기 때문에 신세 질 필요도 없으니 군부대에 전화기를 사줄 필요도 없다"고 알려주었다. 나는 순간 이장이 텃세를 부리며 나에게 갑질을 하고 있다는 걸 알아챌 수 있었다.

　나는 저녁 시간에 지경리 마을 회관에 가서 사람들이 열댓 명 모여 있는 틈에 가 이장에게 쏘아붙였다. 누가 잘못인지 들으면 누구나 알겠거니 해서 사람들이 모인 틈을 타 말한 것이었는데 이장의 권위 때문인지 구경 중인 마을 주민 누구도 이장이 잘못한 일이라고 판단해 주는 사람이 없었다. 그래도 나는 할 말을 다 했고 전화기도 사주지 못하겠다고 확실히 말했다. 그리고 옆에서 들어준 마을 분들에게 고마워서 콜라 한 짝을 사 돌리고는 집으로 돌아왔다. 마을 이장이라는 자가 가난한 이웃을 돕지는 못할지언정 마을 주민의 호주머니를 털어서 힘 있는 군부대에 바치고 자기가 인심 쓴 양 권위를 누리려는 꼴을 두고 볼 수가 없었다. 요즘 말로 치면 슈퍼 갑질이나 다름이 없었다.

　현재 그 이장님은 저세상으로 떠났다. 나도 이제 50년 전의 일은 잊고, 이장님도 저세상에서 편안하길 바라고 있다.

모든 것이 힘들어도 지나고 보면
추억이 되기 마련이다.
그런 일이 있어야
인간 사는 이야기도 나오는 법이다.
사는 것이 즐겁고 행복하기만 하면
오히려 그 즐거움과 행복을
감사하게 여기지 못했을 것이다.

또 한 번의 시련

땅 4,000평에 처조카까지 데려와 수박 농사를 지었다. 끝이 안 보이는 수박밭에 모종을 길러 이식을 마치고 5월 말이 다가와서 수박 소형 터널의 비닐을 벗길 때가 되어 갔다. 그런데 갑자기 이상 기온으로 날씨가 무척 더워지더니 비닐 속 온도가 매우 높아 수박 덩굴이 데쳐진다. 아내는 그 넓은 4,000평 밭의 비닐을 모조리 정신없이 찢고는 밭에 쓰러져 버렸다. 나는 타죽은 순을 잘라버리고 몇 푼이라도 건지기 위해 수박 순을 가꾸었다. 다행히 어른 손 두 주먹만큼 수박이 자랐다.

유독 그해에는 이상 기온에다 갑작스러운 날씨 변화가 많았다. 시커먼 먹구름이 몰려오더니 천둥을 동반한 굵은 우박까지 쏟아지는 게 아닌가. 우리 수박밭은 결국 초토화되었고 수박마다 우박 상처가 생겨서 팔지도 못하게 되었다. 이번 수박 농사로 밭을 사 젖소 목장을 하려던 꿈도 물거품이 되고 말았다.

나는 참담한 현실에 망연자실해 평소 1갑 피우던 담배를 3갑까지 피워댔다. 고생만 실컷 하고 세상 사는 것이 어쩌면 이렇게 맘대로 안 되는지 하늘이 야속했다. 먼 하늘만 쳐다보면서 자연 앞에 무력한 인간의 나약함을 실감했다. 이제 좀 살 만한 의욕이 생기기 시작했는데 하필이면 왜 나한테만 또다시 고난이 찾아오는지 원망하는 마음만 커져 갔다.

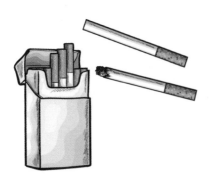

담배를 하루 3갑씩 피워대니 기침과 가래가 늘어서 나중에는 허리까지 아파왔다. 이대로 살다가는 내 어린 자식들을 다 키우지도 못하고 죽겠구나 싶었다. 나의 아버지도 내가 5살 때 돌아가셔서 아버지 없는 설움을 또 내 자식에게까지 전해서는 안 되겠다는 생각이 들었다. 나는 마음을 고쳐먹고 마른 쑥을 신문지에 말아서 피우며 담배를 끊으려고 노력했다. 3일째가 제일 참기 어려웠다. 1년을 안 피우다가도 한 대 피워버리면 도로 원상 복구가 되었다. 시행착오 끝에 최소 2년을 멀리하니 이제는 담배 냄새가 독약처럼 싫어졌다. 비록 4,000평 수박 농사는 실패했지만 피우던 담배를 끊어 건강을 얻었으니 이 또한 감사한 일이라 위안을 삼았다.

. . . .

동생과 사촌 형, 나 셋이서 500만 원씩 농사 자금을 대 철원군 동송읍 오지리 소재 탱크 지시선 밑으로 펼쳐진 땅 2만 평의 밭을 새로 얻어서 수박 농사를 시작했다. 수박 농사를 하려면 모종 기르는 하우스를 30m짜리 6동을 지어야 했는데 8m 하우스 파이프를 사다가 직접 벤딩을 해서 하우스를 멋

지게 짓고 묘종을 길러 이식까지 마쳤다. 수박 겉순치기 작업으로 일꾼 50명을 데려다 일을 시켜보니 통제가 잘 안 되고 일의 능률이 오르지 않았다. 그래서 하루는 25명씩 인원을 나누어서 일을 시켜보았다. 인원을 분산시키니 통제도 잘 되고 일이 척척 진행되었다.

어느덧 시간이 흘러 수확기가 다가왔다. 수박 1개가 보통 10kg으로 속이 꽉 차서 그해 수박 농사가 무척 잘 되었다. 더운 여름을 견디며 애쓴 덕에 수박 장사한테 밭떼기로 4,300만 원을 받고 넘겼다. 토요일 저녁 무렵에 현금으로 받아서 사료 포대에 넣어 집으로 돌아왔다. 일요일 하룻밤을 자야만 월요일에 은행에 입금할 수 있었다. 많은 돈을 처음 받아보니 불안하고 걱정이 되어서 사료 포대에 담은 돈을 가게 마루 밑에 넣어두고 밤을 꼴딱 새웠다. 당시에는 은행에 돈 세는 기계가 없어서 은행 직원들이 조금씩 나누어 만 원짜리 4,300장을 손수 손으로 세어야 했다. 농자금으로 들어간 3명분의 몫 1,500만 원을 빼놓고 나머지 이익금을 나누니 1명당 930만 원의 수입이 생겼다.

수박 농사를 몇 해 하다 보니 나름대로의 노하우도 생겼다. 수박이 거의 익어갈 무렵 햇빛에 수박이 데는 것을 막기 위해 당시에는 볏짚으로 덮었는데 나는 신문지로 덮는 것을 시도했다. 볏짚보다 신문지 값도 싸게 먹히고 수박 색깔도 짚으로 덮은 것보다 훨씬 좋았다. 내가 신문지로 덮은 후부터 철원군 일대 수박 농사는 다 신문지로 덮기 시작해 짚으로 수박을 덮던 전통은 없어져 버렸다.

작년에 우박 피해로 실패한 농사가 올해는 크게 성공하니 동네 사람들은 쏠쏠한 돈벌이로 일을 무척 즐기면서 우리 밭일을 해 주었고, 내가 쉬고 싶은 날에도 찾아와 "오늘은 일 안 해요?" 하며 농사짓는 데 많은 도움을 주었다. 일하고 받아 가는 돈이지만 하루 5,000원을 무척 기쁘게 받아 가는 사람들이었다. 지금도 잊혀지지 않는 고마운 사람들이 많다.

당시에는 적은 돈이라도

일을 할 수 있는 것에

행복을 느끼는 사람들이 많았다.

풍족하진 않아도

하루하루 행복하게 사는 법을

아는 사람들이 있었다.

그 시절, 그때의 순수한 사람들의

마음이 그리워진다.

쉽게 얻는 것은 없다

가을 농사를 마치고 쌀장사를 한번 해 보기로 했다. 추석이 대목장이라 돈이 좀 남을 것 같은 생각에 부푼 마음으로 쌀장사를 시작한 것이다. 지경리 동네 방앗간에 가니 김관섭이라는 사람이 쌀을 팔겠다고 해서 내가 사기로 약속을 하고 집으로 돌아왔다. 그런데 마을에 이홍주라는 사람이 김관섭 씨의 허락도 없이 남에게 김관섭 씨 쌀을 팔아준다고 했다는 것이다. 어쨌든 팔겠다는 사람과 내가 직접 약속을 했으니 다행히 쌀은 내가 가져오게 되었는데, 우연의 일치인지는 모르지만 나중에 가마를 열어보니 쌀에 그냥 벼가 섞여 있었다. 아무래도 이홍주 씨가 가져가기로 한 쌀을 내가 가져가니 심통이 나서 벼를 집어넣은 것이 아닌가 싶다. 그 당시 쌀 찧는 방앗간에서 껍질 안 까인 벼가 섞인다는 것은 있을 수도 없는 일이었기 때문이다.

나는 초보 쌀장사라서 그것도 확인하지 못하고 40가마의 쌀을 싣고 서울 가락동 시장으로 향했다. 밤늦게 도착하여 다음 날 아침, 쌀 입찰이 시작되었는데 겨우 8가마 팔리고 생 벼가 나오는 바람에 더 이상 사 가는 사람이 없었다. 하는 수 없이 쌀을 맡긴 가게 주인에게 팔아달라고 하고 집으로 돌아왔다. 15일이 지나고 전화 한 통이 없는 걸 보니 안 팔리는가 싶어 결국 서울에 가서 쌀을 사러 다니는 장사꾼 하나를 불러다 내가 산 값보다 훨씬 싸게 넘겨주고 많은 돈을 밑지고 말았다. 호기롭게 쌀장사를 해 보려다가 아주 진저리 나는 경험만 잔뜩 했다.

돌아보면 한 산을 넘으면 또 산이 있고, 작은 산을 넘으면 더 큰 산이 기다리는 삶이었다. 그래도 그중에 들도 있으니 그나마 지금까지 내 목숨을 영위하며 살았으리라. 나도 하나의 작품이라고 보듬어주신 하나님께 감사할 뿐이다.

나는 도전정신이 꽤 있었던 것 같다. 소 한 마리를 길러서 이제 팔 때가 되니 어떻게 알고 소 장사꾼이 집에 찾아와서 팔라고 한다. 나는 '소 한 마리를 사서 팔면 얼마나 남을까? 소 장사꾼은 소를 사서 어디다 팔까?' 궁금해졌다. 나는 장사꾼에게 소를 팔지 않고 직접 서울 도살장에 실어다 팔면 내가 가진 궁금증을 다 해소할 수 있을 것 같았다. 그래서 나는 도전정신을 가지고 화물차 1대를 얻어 천호동 축협 도살장에 가져가서 팔고, 고기도 몇 근 사와야겠다고 생각하며 천호동 도축장으로 향했다.

　도축장에 가보니 몸집이 돼지같이 생겼는데 강원도 소보다는 체구가 작고 온몸이 까만 소가 있어서 어디서 온 소냐고 그곳 사람에게 물어보았더니 제주도 소라고 한다. 그런데 그 후 제주도에 몇 번이나 가보아도 그런 소를 그때 보고는 아직 한 번도 본 적이 없다.

　하룻밤을 자고 도살을 하니 우리 소 가격이 나왔다. 그런데 현금을 주는 것이 아니고 강원도 축협에 가서 찾으라며 영수증 하나만 준다. 계산을 해 보니 집에서 파는 거나 별 차이는 없었다. 왜 그럴까 생각해 봤다. 화물차 1대에 5마리는 실어야 운임이 적게 들어가서 돈이 남는데 1마리는 운임이 5마리 값과 같아서 돈이 안 남은 것이었다. 그렇다고 소 4마리를 더 사서 갈 돈은 없고 나는 경험만 해 본 꼴이 되었다. 계산서만 돌려주니 고기 몇 근을 사가지고 가겠다는 아내와의 약속도 지키지 못한 채 집으로 돌아왔다. 서울 도축장 구경만 하고 별 소득은 없는 경험이었다. 그래도 소의 유통 과정을 알게 되고 이익이 운임에서 나온다는 것도 배웠다. 세상에 어디 쉽게 얻어먹을 돈은 없다는 사실도….

도전을 통해 삶은 흥미로워지고,

그런 고난과 시련을 극복함으로써

삶이 의미 있어진다.

인생은 세상 모든 사람들에게 다 쉽지 않다.

삶이 쉽기를 바라지 말고

대신, 어려운 삶을 견딜 수 있는

힘을 가질 수 있기를 바라야 한다.

마지막 수박 농사

세상일은 어느 것이고 시작이 있으면 끝이 있는 법이다. 철원에 살면서 수박 농사로 생계를 살아왔지만 그만두어야 할 시기도 찾아왔다. 수박 병충해가 심해서 수박을 심는 사람이 그전과 비교해 반도 남지 않게 되었다. 전성기 때는 철원 지역에서 수박이 5톤 차로 80대까지 서울에 나가던 시절도 있었다.

배운 것이 수박 농사라 신철원 개울 건너편 산 밑에 있는 밭 2,000평에 마지막 수박 농사를 짓기로 했다. 다행히 그동안의 노하우가 쌓여 있어서인지 8~10kg로 아주 잘 되었다.

수확까지 햇빛에 수박이 데이지 않도록 신문지를 씌우는 일을 하는데 수박 한곳이 담뱃불로 지져놓은 것처럼 갈색 반점이 생겨 있었다. 나는 가슴이 철렁 내려앉았다. 잎은 아무렇지 않고 수박 열매에만 오는 역병인 것 같았다. 약이 없는 수박 불치병이다. 수박 잎과 줄기는 탐스럽게 싱싱하고 깨끗했다.

그런데 며칠 후 한 고랑에만 걸려 있던 역병이 수박밭 전체로 번져버렸다. 한여름 고생만 했는데 또 모든 것이 물거품 되어버리고 말았다. 흠이 있는 수박을 따다가 흥농종묘사 앞자리를 양해받아서 팔고, 돈이 생기면 종묘사 약값과 씨앗값, 농자재값을 계속 갚았다.

하루는 어느 수박 장사꾼이 수박 100통을 저녁에 가져갈 테니 따 놓으라며 계약금을 조금 걸고 갔다. 나는 그나마 제일 좋은 녀석들을 골라 100통을 따 놓았는데 웬일인지 3일이 지나도 그 장사꾼은 나타나지 않았다. 아마 그 사람은 계약금 조금 걸고 한 3일 있다가 수박 값이 오르면 와서 가져가고 좋지 않으면 계약금 조금 떼이고 말 요량인 것 같았다. 비는 매일 지정거리고 장사꾼은 오지도 않아서 나는 좋은 수박은 골라 팔고 덜 좋은 수박을 또 따 놓았다.

그런데 4일째 되던 날 오후에 수박 장사꾼이 우리 밭에 나타났다. 수박을 보더니 내가 이런 수박을 사 놓았느냐며 수박을 땅에 내던지고 난리를 쳤다. 내가 차분히 "당신이 저녁에 가져간다고 해서 따놓았는데 3일 만에 왔으니 당신이 계약을 어긴 것이고, 이제 이 수박은 내 것이지 당신 것이 아니다"라고 했더니 나를 때리려고 달려든다. 나도 세상 사는 도수가 높다. 이때는 맞부딪치면 내가 손해다.

나는 36계 줄행랑을 쳐 철원 경찰서로 향했다. 장사꾼도 나를 따라왔다. 나는 300m를 뛰어 경찰서 안으로 들어가 "누가 나를 때리려고 쫓아와서 여기까지 도망 왔다"고 말하니 여기가 아니라 파출소로 가란다. 황당했지만 나는 또 파출소까지 뛰어들어갔다. 장사꾼도 나를 찾아 파출소로 들어왔다. 나는 새까만 농민이고 장사꾼은 얼굴 복장이 신사다. 억울하게도 파출소 소장은 장사꾼 편을 들었다. 나는 사실대로 이야기를 했다. 저녁에 가져간다고 해서 일꾼까지 얻어 수박 생물을 따 놓았는데 저녁에 온다던 장사꾼이 오지 않아서 계약은 끝났고, 그 후 비가 와서 썩은 것도 있다고 했다. 파출소 소장은 수박을 딴 일꾼들을 증인으로 데려오라고 했다. 그래서 그날 수박을 땄던 일꾼 집에 찾아가서 몇 명을 데리고 파출소로 돌아왔다. 파출소 소장은 일꾼들에게 자초지종이 사실이냐고 물었고 다들 내 말이 맞다고 했다. 그제야 소장이 계약을 어기고 3일 만에 나타난 장사꾼에게 당신이 잘못했다는 말을 했다.

그 사건은 그렇게 마무리되고 장사꾼과도 헤어졌다. 나는 처음 장사꾼 편을 든 소장이 얄미워서 한번 따지려고 다음 날 파출소에 다시 찾아갔다. 소장은 없고 순경 둘만 있었다. 순경들은 "소장이 어느 한 편을 들어서 말하면 안 되는데 소장님이 잘못한 일"이라며 두둔해 주기에 마음이 조금 풀렸다. 10년간 수박 농사를 지으면서 수박 역병과 자연재해 때문에 가슴이 아프고 속이 문드러진 게 하루 이틀이 아니다. 장사꾼한테 쫓겨서 36계 줄행랑도 해보고 억울한 일도 있었지만 한 해 한 해 살면서 많이 성숙해져 가기도 했던 것 같다. 도망치는 순간은 비겁했지만 세상살이 지는 자가 이기는 것이다.

삶이 쉬워지면 도전과 노력을 멈추게 된다.

약해지고 비효율적으로 살게 된다.

남과 다른 행복과 평온함을 얻기 위해서는

자신의 힘과 용기를 키울 수 있는

일련의 패배가 필요한 것이다.

난생처음 버섯 농사

수박 때문에 우리 가정에 희망이 있었고 내가 살아갈 수 있는 힘을 얻어왔지만 더 이상 철원에서는 수박 농사를 지을 수가 없게 되었다. 철원군 전체가 수박 병으로 오염되어 수박은 수입을 낼 수 없는 작물로 규정되어 버렸다. 당장 먹고살 수입원으로 새로운 활로를 찾은 것이 느타리버섯이었다. 수박 농사를 지으면서 젖소 중소 5마리를 기르고 있었는데 젖을 짤 때까지는 무슨 수를 써서라도 소를 먹여 길러야 했다.

옆집에 사는 이웃이 느타리버섯 농사로 생계를 이어가고

있어서 우선 30평짜리 버섯사를 하나 지었다. 노랗게 잘 마른 볏짚으로 싸서 버섯 재배를 하면 30만 원 정도 수입을 얻을 수 있다고 했다. 한 동에서 4회까지 재배하면 120만 원의 수입을 낼 수 있었다. 정부에서 논을 사면 700만 원에 값싼 이자를 준다고 해서 문명석 장로의 땅을 거짓말로 내가 사는 척 서류를 꾸며 남의 땅을 내 것으로 등기를 내고 700만 원을 버섯 재배 자금으로 받게 되었다.

버섯 시설 2동을 더 짓고 가을에 버섯 재배할 볏짚을 사들이기 시작했다. 볏짚을 경운기에 실으려고 던지면 곰팡이 먼지가 뿌옇게 피어올랐다. 비닐을 쳐서 커다란 물탱크를 만들고 그 물탱크에 볏짚을 불렸다. 우리 아들 둘이 학교에 갔다와서 버섯 재배 일을 도우며 온 가족이 몰두해서 일했다. 물탱크에서 하룻밤 불린 볏짚은 이제 비닐하우스로 옮기고 발효를 시켜야 하는데 하루 한 번씩 볏짚 나가리를 헐어서 볏짚을 땅에 태질하고 공기 주입을 시키기 위해 매일 며칠간 그런 일을 반복했다. 그다음 여자 일꾼들을 사서 작두에 30cm 길이로 잘라서 묶고 그것을 버섯 재배사 선반에 이고 열속을 했다. 재배사 내부 온도를 60~70도까지 올려서 소독을 한 후 온도가 40~50도 될 때 땀을 비 오듯 흘리면서 종균을 볏짚

위에 뿌린다. 그 후 연탄난로로 온도를 조정하고 물을 뿌려서 습도도 조절했다.

이렇게 한 동 재배하는 비용은 버섯을 따기 전까지 120만 원이 소요된다. 버섯 종균이 볏짚 속으로 파고 들어가야 되는데 잡균이 내려가면 이 모든 과정이 다 물거품이 되고 한 달 만에 다 버려야 한다. 원인을 모른 채 한 해 겨우내 반복해서 이 작업을 하니 볏짚과 돈은 몽땅 바닥나고 말았다. 볏짚을 갈라 보니 하얀 버섯 종균이 안 내려오고 푸른곰팡이가 내려왔다. 볏짚을 뽑아보는 순간마다 가슴이 철렁 내려앉고 심장이 뛰었다. 설상가상으로 아내는 버섯 포자와 몸이 맞지 않아서 기침이 심했다. 버섯 포자가 날면서 기침을 유발했던 것이다.

밤에도 자다 말고 2번이나 버섯 재배사에 들어가야 했다. 따뜻한 온도를 유지하기 위해 연탄을 갈아주고 공기를 순환시켜줘야 하기 때문이다. 신발을 신은 채로 몸만 이불을 덮고 자다가 5분 대기조처럼 시간이 되면 벌떡 일어나 재배사로 향했다. 밤에 제대로 잠을 못 자니 사람이 하루하루 말라 갔다. 그렇게 한해 겨울을 지나니 900만 원이 사라져 있었다.

　나중에 알게 된 사실인데, 그해 가을에 비가 유달리 많이 내려서 볏짚이 다 조금씩 썩어 종균이 볏짚을 먹지 못했던 것이다. 나는 그런 줄도 모르고 그냥 볏짚이면 되는 줄 알고 시작했다가 큰 대가를 치르고 만 것이다. 이제 또 무슨 일을 해서 이 어려움을 극복해야 할지 두려움에 눈앞이 캄캄해졌다. 900만 원이나 날려 먹은 그때를 생각하면 수십 년이 지난 일인데도 가슴이 답답해진다. 어쨌든 그 시간이 지나가고 다시 일어선 지금 이 글을 쓰고 있는 것이 마치 먼 옛날 꿈만 같다.

처음 옥수수를 길렀을 때도,

처음 수박 농사를 지었을 때도

어렵지 않은 일이 없었다.

무엇이든 처음에는 어렵고 헤매는 법이다.

처음부터 척척 잘 되고 잘 풀리면 배움이 없다.

아기들이 수백 번을 넘어지고 나서야

비로소 걷는 법을 알게 되듯 우리는

수없이 넘어지면서 다시 일어서는 법을 터득해간다.

나를 살아가게 한 돼지 농장

　　　　　　　　목장을 하려고 기르던 젖소 중
소를 팔아서 버섯 농사 실패로 진 빚을 갚고도 200만 원은
미처 갚지 못했다. 졸지에 빚 200만 원이 생긴 것이다. 무엇
을 할까 고민하는데 동네에 박종이 씨가 돼지를 사서 기르면
5~6월경에 팔아먹을 수 있으니 절대 밑지는 일은 없다며 나
더러 한번 해 보라고 귀띔했다. 돼지를 사려면 당장 돈이 있
어야 하는데 이미 빚 200만 원이 조합에 있어서 돈을 얻기도
매우 힘들었다. 그런데 나더러 돼지를 키워보라고 했던 박종
이 씨가 보증을 서주어 축협에서 250만 원 정도를 얻을 수 있

었다. 그 돈으로 새끼 돼지를 사러 찾아다니다가 장흥리 도로변에서 돼지 45마리를 사 가지고 집에 와서 젖소 기르던 외양간을 비닐로 막고 길렀다.

기다란 나무판자를 돼지 밥통으로 만드니 새끼 돼지가 밥통에 들어가서 잠까지 잔다. 돼지가 좋아하는 방향으로 따뜻한 등도 얻어다 달아주고 정성을 다하니 한 마리도 안 죽고 잘 자라서 팔고 나니 250만 원이 남았다. 물에 빠진 사람처럼 허덕거리던 나는 이웃의 도움으로 그렇게 다시 살게 되었다.

· · ·

우리 부부는 돼지를 기르며 온 정성을 다했다. 겨울에 돼지가 분만이라도 하면 새끼가 세상 밖에 나오자마자 얼어 죽을까 봐 밤을 꼴딱 새웠고 아내도 분만실에서 새끼를 받느라 위장장애까지 생겼다. 돼지 새끼보다는 사람 건강이 더 중요하다는 생각이 들어 CCTV 같은 것을 40만 원에 구입해 방 안에서 나는 모니터를 들여다보고 있다가 새끼가 하나 나오면 아내가 자다 일어나서 새끼를 받으러 가곤 했다. 모니터 덕분에 분만 틀에 나가서 기다리는 시간은 많이 줄었다. 그렇게 고생을 하면서 돼지를 받았는데 나중에 알고 보니 1kw짜리 백열등 하나만 켜 놓으면 새끼들이 따뜻한 온도를 감지하고 열등 밑으로 다 모여서 새끼를 밤에 안 받아도 되는 것이었다. 그래서 모르면 고생이다. 아는 게 힘이다.

그렇게 농장을 계속하며 부수고 확장하고 또 부수고 확장하다가 밥 먹는 것 외에는 돈이 모이지 않아서 한때 농장을 내놓았으나 사는 사람이 없어서 다시 농장을 이어갔다. 어느덧 70마리 규모의 농장이 되었고 그러다 보니 여유가 조금 생겨서 구 가옥을 헐고 붉은 벽돌집을 지어서 이사도 했다. 집 근처 1차선 도로가 2차선 도로로 확장 공사가 되는 바람에 우리 농장으로 들어오는 길도 남의 땅이 아니라 우리 땅이 되었

고 임신 돈사도 100평 새 건물로 짓게 되었다. 모돈 70마리에서 120마리로 늘어나 매월 비육돈을 150~160마리 팔 수 있는 농장이 되었다.

운영 중에도 소소한 어려움이 있었지만 2011년 1월 11일은 내 생애 참 가슴 아픈 기억으로 남아있다. 우리 농장에 구제역이 들어온 것이다. 돼지 한 마리가 여러 돼지한테 쫓기는 소리가 나서 빼 보았더니 발굽에 물집이 생겨 있었다. 구제역 증상이었다. 축산과에 재빨리 신고를 넣었다. 한 마리만 구제역에 걸려도 돼지를 다 묻어야 한다고 했다. 매몰할 날짜가 돌아와 내가 애지중지 기르던 돼지를 다 묻는다고 생각하니 무엇이라 말할 수 없는 섭섭함과 내가 살기 위해 산 돼지를 묻는 인간의 이기심에 매정함이 느껴졌다. 보상금으로 5억 3천만 원을 받아서 3천만 원은 헌금하고, 1억 5천에 아파트를 사고, 나머지 저축하고 빚진 것도 갚고, 농장은 월 200만 원에 세를 놓았다.

어느덧 세월이 흘러 나이도 많이 먹었고 세상 살며 고생을 너무 많이 해서 25년간 운영한 돼지 농장도 이제 놓아버리고 싶었다. 그저 아무 생각 없이 일손을 딱 놓았다. 지금 이 글을 쓰면서도 그때의 결정은 잘했다고 생각한다. 가끔 뉴스를 통해 돼지 아프리카 열병 때문에 농장주들이 고생하는 것을 보면 돼지를 길러본 사람으로서 안타깝고 늘 걱정이 된다. 그분들의 고생이 마치 내가 하는 고생처럼 마음이 타들어 간다. 이 세상은 걱정을 놓고 살 날이 없는 것 같다.

처음 나에게 "돼지를 키우면 절대 밑질 일이 없다"며 돼지 농장을 시작하게 해준 지인을 떠올리면 지금도 참 감사하다는 생각이 든다. 안타깝게도 구제역 때문에 키우던 모든 돼지를 잃긴 했지만, 그분 덕분에 내가 이만큼이나 살아가고 있다는 것에 감사하다. 늘 잊지 못할 이웃 동생이었다. 그 고마운 이웃 동생도 이제는 이 세상 사람이 아니다. 내가 꽤 오래 살고 있나 보다.

하늘이 무너져도 솟아날 구멍이 있고,
죽을 수가 생기면
살 수가 생긴다는 속담이 있다.
아무리 어려운 일에 부딪혀도
살아나갈 희망은 반드시 있다는 뜻이다.
옛말은 틀린 게 하나도 없다.
나는 나의 삶 전체로서 이를 증명했다.

노년의 낙

내 나이 68세에 25년 돼지 농장 일을 접고 아파트를 사 지포리로 이사를 오게 되었다. 살던 지경리에서 가까운 동네이고 군청 소재지라 지역은 익숙했지 만 아는 사람이 없었다. 아내도 아는 사람이 없으니 다시 지 경리로 가자고 하기도 하고, '당신 죽으면 나는 바로 지경리 로 가서 산다'는 등 재미가 없어서 싫증을 느끼는 것 같았다. 나도 평생 일만 하고 살아온 터라 막상 놀려고 하니 좀이 쑤 셔서 힘들었다.

하루는 시간을 보내기 위해 용화동 골짜기 흐르는 물에 가

서 물잠자리가 나는 것을 쳐다보고, 산 위로 혼자 올라가 시원한 산바람도 마시며 바위에 앉아 시간을 보내기도 했다. 개미 떼가 쉴 새 없이 기어올라 깨무는 통에 오래 앉아서 쉴 산도 없었다. 여름에는 혼자서 뚜벅뚜벅 신철원 둘레길을 걸었다. 신철원 둘레길이라고 해봐야 한 바퀴 도는 데 1시간밖에 걸리지 않는다. 하루하루 어떻게 놀아야 할지 혼자서 많은 고민을 했다. 노는 것도 일이라더니 일하는 스트레스가 없어서 편할 줄만 알았는데 그것도 아니었다.

철물점에서 이런저런 재료를 사다가 통발을 만들어 학포리 남대천에 고기밥을 넣고 깊은 곳에 던져 놓았다가 오후에 가서 건져보니 송사리 한 마리가 들어있었다. 송사리는 꺼내지 않고 통발을 다시 던져 놓았다가 이튿날 아침에 가서 꺼내 보니 한 마리 들었던 고기까지 다 나가고 빈 통발만 올라왔다. 할 일이 없으니 이런 일로 시간을 보낼 수밖에 없었다. 남은 인생은 어디다 재미를 붙이고 살아야 하나 고민하다가 실업자 놀이는 그만두고 보건소 앞 게이트볼 구장에 찾아가 회원으로 가입하게 되었다.

30여 명의 많은 사람 중에 아는 사람은 회장 하나뿐이었다. 보통은 새로 들어온 신입 회원에게 다들 친절할 법도 한데 나에게는 까다롭기 짝이 없다. "윤섭 씨가 공을 못 맞혀서 우리 편이 진다. 균형이 무너져서 우리 편이 진다"며 괄시와 놀림이 지속되니 점점 기분이 나빠졌다. 성질대로 이 나이에 몸싸움을 할 수는 없고, 나와 마음이 맞는 몇몇 회원에게 위로를 받으며 계속 정을 붙여 보려고 노력했다.

그러다 이렇게 계속 참기만 하는 것도 방법은 아니라는 생각에 회장과 직접 대화를 해봐야겠다고 생각했다.

"처음 들어온 사람이 이 클럽에 정을 붙일 수 있도록 도움을 주어야 하는 게 아닙니까? 공을 치라는 거요, 말라는 거요?"

"죄송합니다."

회장은 그 한 마디가 끝이었다. 나도 젊어서는 내 몸을 지키기 위해 숱한 싸움을 했지만, 젊을 때나 몸으로 싸우지 이제는 말싸움이나 신경전일 뿐이다. 참는 자에게 복이 있다고 하니 참는 수밖에 없다. 오늘도 잘 참았다. 젊은 날, 이런 곳 저런 곳으로 옮겨 다니며 객지살이 설움을 겪을 만큼 겪었다고 생각했는데 취미 생활하는 데에서도 이방인의 비애를 느껴야 한다니 씁쓸했다. 과거 서울에서 까부는 놈을 흠씬 두들겨 패주고 6개월 월급이 날아간 이후에 어떠한 경우에라도 다시 손해 보는 일을 만들지 말자고 다짐했다. 평생 팔자 좋아서 한 곳에 살던 사람들은 이방인의 고충을 잘 모른다. 우선 덮어놓고 업신여기며 토박이가 벼슬이라도 되는 양 행동한다.

그래도 나는 하나님의 자녀로서 최대한 참고 시비가 붙더라도 먼저 손을 내밀며 다가간 끝에 회원 다수의 권유를 받아 2020년에 게이트볼 클럽 회장으로 선출되었다. 나의 실력이나 교양 등 모든 것이 부족하지만 추천을 거절하기 어려워 고마운 마음으로 수락했다.

"제가 많이 부족하지만 여러분이 뽑은 회장이니 잘 따라 주시고 회장 끝나는 날 잘했다고 칭찬받는 회장으로 남고 싶습니다. 2년 후면 저의 임기는 끝날 것이고 평가는 그 후에 나올 것입니다. 저는 늘 감사하게 생각하고 또 감사한 일들을 하나님께서 저에게 주시리라 믿고 선한 마음과 이웃사랑의 마음으로 약한 자의 편에서 나의 작은 힘이나마 쓰려고 합니다. 우리 게이트볼 구장이 항상 서로를 믿고 사랑하며 웃음이 넘치는 구장이 되기를 회장을 비롯한 모든 회원이 함께 노력해 주시기 바랍니다."

내가 회장으로 선출되고 나서 회원들에게 한 인사말이다. 2020년 코로나 여파로 구장은 한동안 문을 열지 못했다. 지지고 볶아도 함께 운동을 하며 쌓인 정이 있어서인지 구장에 나가지 못하는 동안 그곳과 회원들이 참으로 그리웠다. 다행히 현재는 코로나도 독감처럼 흔히 생길 수 있는 전염병으로 분류되어 다시 회원들의 얼굴을 마주하고 있다. 이 또한 참 감사한 일이 아닐 수 없다.

하나님께서 지으신 모든 것이 선하며
감사함으로 받으면 버릴 것이 없다.
당장에 보이는 것이
나쁘고 어려운 일일지라도
결국 선으로 이루어짐을 믿어야 한다.
그것이 하나님을 믿는 자의 지혜이다.

딸, 선희에게

　　　　　　　　　　딸 선희가 포악스러운 학부모
와의 관계로 많은 어려움을 겪는 중에 가을 지경리 농장 농
막 집에 선희가 잠깐 왔다 가면서 이제는 김장 김치도 안 갖
다 먹고 오지도 않을 거라며 말하고는 애비 얼굴도 보지 않고
서울로 갔다는 말을 아내에게서 전해 들었다. 딸이 처한 아픈
마음도 모르고 위로의 말은커녕 아내는 그런 딸의 마음을 헤
아리지 못해 딸이 그런 소리를 하고 간 것 같았다. 나도 부모
가 되어 딸이 처한 괴로움도 모르고 딸의 마음을 아프게 한
것이 후회스러워서 문자를 보냈다. 수십 년이나 애정을 쏟아

운영하던 어린이집을 그만두게 되니 그 상실감이 얼마나 큰지 아무리 부모라도 다 헤아릴 수가 없다. 본인은 또 얼마나 힘겹고 고달프겠는가.

'선희야. 샘물이 옹달샘에서 흘러나와 한없는 여행을 떠나게 된다. 맑은 새 물은 온갖 장애물과 보지 못한 환경을 거치면서 흘러간단다. 가는 중에 부딪히는 아픔을 겪기도 하고 흙탕물이 되기도 한단다. 물의 정체성인 깨끗함을 잃고 한때 방황하기도 하고. 그러나 물은 또다시 흘러서 진흙탕 물에서 벗어나서 또한 맑은 물로 자기 정체성을 되찾는단다. 모든 것은 시간이 흐르면 해결되며 또다시 물은 온갖 고난을 겪으면서 오랜 시간을 흘러 바다에 이른다. 바다는 변함없는 웅장함과 힘센 파도로 누구나 넘볼 수 없는 힘과 많은 동식물이 자라고 살게 하며 군함을 띄우고 큰일을 한단다. 우리 앞을 가로막는 장애물이 있다면 용서로 세상을 이겨야 되는 거야. 나하고 다른 사람은 얼마든지 많아. 그러나 나쁜 마음을 가진 사람보다 좋은 사람이 더 많다는 사실을 기억하렴. 그래서 이 세상에는 희망이 있단다. 좋은 누나, 좋은 딸 되기는 늘 했지만 너의 처한 환경과 너의 마음을 모른 채 우리 딸을 힘들게 하고 있는 것 같아서 미안하다. 그러나 절망하지 말아. 야생에서 자란 힘센 아버지가 있잖아. 너는 아버지 딸이잖아. 숨으려 하지 말고 세상으로 당당히 나서는 거야. 선희야, 힘내. 옹달샘에서 바다로 가는 과정이야. 이제 네 눈앞에 바다가 나타날 거야. 넌 분명 큰일을 할 거란다.'

이 글을 선희에게 보냈다. 선희에게서 답이 왔다. 바다까지 가기 위해 열심히 살겠다고…. 아버지의 진심을 전하니 우리 딸도 본심의 말을 한 것 같다. 부모 자식 간 서로 마음을 이해하고 이 험한 세상 이겨 나가기 위해서 서로의 정을 확인할 필요도 있다. 나도 자식들의 부족함을 비난하고 탓하기보다는 상처를 보듬어주고 아픔을 싸매주는 부모가 되도록 노력할 것이다.

아들, 재국에게

지금 생각해 보면 재국이를 낳고 가정의 행복이 2배가 되었던 것 같구나. 너를 낳은 해에 수박 농사가 잘 되어서 그 수박 판 돈으로 2천 평의 밭을 장비로 밀고 논으로 만드는 계기가 되어 쌀밥도 실컷 못 먹던 생활에서 그다음 해 가을부터는 쌀밥만 먹을 수 있도록 식생활이 변하게 되었지.

비가 많이 내리는 날 너를 낳았는데 수박 판 돈도 많으니 못 먹어본 소고기도 많이 사 오고, 재국이의 출생을 온 가족이 기뻐하며 행복이 넘쳐서 가정에 웃음꽃이 피었단다. 세월이 흘러 재국이가 유치원에 다니게 되었고, 유치원에 다녀와서 낮잠만 자고 나면 우는 버릇이 있어서 아버지한테 혼난 적도 많았지.

중고등학생 때는 학교에서 돌아오면 아버지 일손을 거든다고 농사일, 버섯 재배 일, 돼지 농장 일 군소리 없이 놀지도 못하고 도와주었지. 아버지는 왜 그렇게 일이 많았는지…. 가난해서 일에 매여 어디 한번 놀러 가지도 못하고 그렇게 세월이 지나가 버렸구나.

네가 성장해서 군대에 갔을 때 훈련 중에 철이 없어서 아버지가 재국이 마음을 달래려고 걱정하는 편지도 보낸 적이 있었지. 그 후 부대 배치되고 집에서 출퇴근하면서 잘 지내주어 다행이었다. 어느 날엔가는 처음 배운 술에 아침까지 숙취가 깨지 않아서 아버지가 부대에 출근시켜 준 날도 있었지. 그 후에 네가 스스로 술이 나쁘다는 걸 스스로 깨우치고 술을 아주 끊어 버려서 얼마나 늠름했는지 모른다.

안수집사가 되어 네 가정생활하는 데도 바쁘고 늘 돈도 부족할 텐데 아버지 옷이며 신발이며 맛있는 음식까지 챙겨주어서 아들, 며느리에게 항상 고맙다. 지은이, 지예, 지원이 전봇대처럼 우뚝 솟은 딸 셋을 두었으니 얼마나 든든하느냐. 이제 우리 손녀딸들이 세상을 빛내는 일을 할 것이니 아들아, 며늘아, 지금은 좀 힘들어도 기쁨이 2배가 되는 날들이 올 것이다. 너희들이 있어서 늘 든든하고 고맙다. 가정을 잘 이끌어 가고 있으니….

사랑한다, 우리 아들 재국이.

막내, 재승에게

　　　　　　　　아버지가 네 어린 시절을 생각
해 보니 변변한 장난감 하나 못 사주었는데도 방 안에 있는
생활용품을 장난감처럼 가지고 놀면서 물건과 말을 주고받기
도 하고 혼자서도 잘 놀던 모습이 떠오르는구나. 아버지가 그
런 너를 딱 한 번 혼내 준 것이 생각나는데, 저금하라고 준 돈
을 학교 끝나고 과자를 사 먹었는지 다 써버려서 아버지가 저
녁에 한강철교라는 기합을 준 적이 있었지. 그 뒤로는 말썽도
안 부리고 잘 자라 주었지만, 네가 운동을 좋아해 운동하다가
몇 번 다쳐서 병원에 간 것 외에는 부모 걱정 끼친 적이 없었

단다.

하사관 생활을 할 때 교통사고가 나서 며칠 입원하고 나온 사실을 나와 네 엄마는 네가 퇴원한 후에야 알게 되었지. 부모가 알면 걱정할까 봐 네 처에게도 못 알리게 하고…. 너는 그만큼 속이 깊은 아이였다. 현대에 들어가면 아버지 차 한 대 뽑아드린다고 했는데 이루지 못해 차는 못 받았어도 네 마음을 받았으니 아버지는 그걸로 됐다. 지금까지도 아버지는 기쁘다. 세상에 우리 재승이 같은 효심이 깊은 아들이 있을까? 매우 드물겠지. 네가 부모에 대한 효심이 깊으니 우리 손자 지호, 주안이, 지율이가 아버지의 본을 받아서 우리 재승이도 노후에 아버지처럼 자식들로부터 그 효심을 받으리라 믿는다.

가난 때문에 용돈도 한 푼 못 주었는데 네가 닭 사료 주고 모은 사료 봉지를 팔아서 한 달에 1~2만 원 형과 같이 나누어 썼지. 그런데 이제 든든한 가장이 되어서 네 가정을 잘 이끌어 가고 있으니 아버지는 항상 마음이 든든하다. 우리 며느리도 세상 한눈팔지 않고 항상 잘 살려고 늘 노력하고 있으니 언젠가는 추억 삼아 옛이야기를 하며 잘살게 될 거다. 하나님도 재승이를 보시며 기뻐하시고 축복해 주실 거야. 이제 아버지 삶이 끝난다 해도 걱정 없이 떠날 수 있어.

우리 막내, 재승이 사랑해.

아내에게

당신을 서울 혜화동 명륜다방에서 만나 첫선을 본 날이 엊그제 같은데 벌써 52년이 지나가네요. 그 후 꽃피는 봄에 창경원 구경도 하고, 매실주 한 병을 사가지고 당신에게 가지고 다니라고 하면서 술 잘 마시는 척 연기를 한 나를 다 좋아해주고 잘 따라 다녔지요. 그 후 결혼까지 하게 되었고 결혼 후 양주군 미금면 일패리에 살면서 구멍가게도 하고, 양말장사, 하천 매점도 하면서 신혼을 오막살이 집에서 보냈고, 강원도 철원군 지경리에 와서는 옥수수 농사, 콩 농사, 수박 농사를 지으면서 우박도 몇 번 맞고 모종 이식

후 이상 기온으로 비닐 터널 속 수박을 태우기도 하고 느타리 버섯 재배를 하면서 계속된 실패로 900만 원을 날려버리는 뼈아픈 실패도 겪으며 '우리는 왜 이렇게 안 되느냐'고 방바닥을 치며 울던 당신이 떠오릅니다. 돼지 농장 하면서 겨울에 돼지 새끼 얼어 죽을까 봐 밤에 돼지 분만실에서 새끼를 받아 보은등 아래에 갖다 놓느라고 잠도 제대로 못 자고 위장병까지 생긴 당신. 지금도 당신이 고생한 것을 생각하면 가슴이 아려옵니다.

그러나 가끔은 당신이 던지는 말 한마디에 상처가 남아 삶의 의욕을 잃어버리고 우울해질 때도 있었답니다. '왜 살고 있나' 나에게 의문을 던질 때도 있었지요. 나는 너무 친절한 여자도 싫고 너무 악마 같은 여자도 싫고 그냥 매일 한결같은 사람이 좋지만 내 마음대로 배우자를 만날 수 있는 것도 아니고 주어진 환경에 순응하며 살아야 되는데 참 어려운 과제입니다. 이제 당신도 75세가 넘어서 자주 불던 돌풍도 횟수가 줄어가고 있으니 내가 얼마나 잘 버티느냐가 나의 남은 숙제입니다.

삼 남매를 낳아 잘 컸고 우리의 못난 점보다 저마다 좋은 성품을 지녀주어서 우리는 자녀 복을 많이 받은 부부입니다.

지지고 볶은 세월이지만 그래도 지금까지 백년해로하고 있으
니 고마운 당신입니다. 안 보면 보고 싶고 옆에 없으면 허전
한 당신. 지나간 고생은 돈을 주고도 얻을 수 없다고 하니 그
세월은 다 지나갔고 이제 얼마 남지 않은 시간, 서로 더 이해
하고 아껴주고 불쌍히 여기며 찾아오는 병마와 친구하고 병
원 여행 다니면서 서로 기대고 삽시다. 당신 나 만나서 고생
많이 했어요. 이제 남은 건 삼 남매와 손자, 손녀들뿐입니다.
부모로서 자녀들의 축복을 늘 빌어주며 살다가 주님 부르심
을 받으면 웃으면서 갑시다.

사랑하는 당신, 김팔선. 남편 신윤섭이 전하는 마음입니다.

마무리하며

　누구나 거대한 지구 위를 무대 삼아 실제 같은 연극을 벌이는 지구 위의 배우입니다. 현실 배우는 가상의 현실을 실제 상황인 양 연기하지만 우리는 실제 상황에서 연기를 하며 사는 것이지요.

　가난한 시골 가정에서 태어나 아버지를 일찍 잃고 형, 나, 동생, 누나, 엄마 다섯 식구가 공산 치안 정치 속에서 살았습니다. 이것이 제가 섰던 무대 장치였습니다. 공병 장사, 야채 장사, 참외 장사, 청수 당면 공장일, 구두 장사, 구멍가게, 자전거 용달, 식당, 고물 장사, 공사판일, 수박 농사, 논농사, 개 사육, 느타리 농사, 소 사육, 콩나물 공장, 육계 사육, 마지막으로 돼지 농장 나는 그 분야에서 지구를 무대로 삼고 실제 배우 역할을 충실히 해 보았습니다.

지난날을 회상하니 파충류가 시기에 따라서 자신의 허물을 벗고 새 표피로 바꾸듯 나의 마음도 세월 따라, 환경의 변화에 따라 계속 바뀌면서 살아왔다는 것을 알게 됩니다. 소년기에는 전쟁 피난 중에 고생도 많이 했지만, 산으로 들로 먹을 것을 찾아다니던 즐거움도 있었고, 미성년기에는 피난 때문에 비록 학교에 늦게 들어갔지만 지나고 나니 친구들과 학교생활 했던 것이 생에 가장 즐거웠던 기억으로 남아있습니다. 청년기에는 가난의 굴레에서 벗어나려고 앞도 뒤도 없이 전차처럼 밀고 나가며 후에 닥칠 신세 망칠 일은 생각도 않고 용기와 혈기만으로 제 양심도 속이며 달렸습니다. 이곳저곳 지역을 떠돌며 생활하다 보니 억울한 일도 당했지만, 다행스럽게도 큰 사고 없이 청년기를 지났으니 지금 생각하면 참 감사한 일입니다. 나의 중년기에도 가난과의 싸움은 계속되었습니다.

살면서 가장 가슴 아팠던 일을 기억한다면 역시 나의 혈육 재광이를 땅에 묻은 것입니다. 수박 농사를 하다가 두 번이나 우박에 맞아서 노동의 대가를 물거품으로 날려 보낸 일과 잘 된 수박이 역병으로 인해 그르쳐지고 느타리버섯을 재배하며 한 해 겨울 900만 원이나 날려 먹은 일도 그 심정은 말로 표현할 수 없습니다. 형제의 정은 모르고 살았지만, 고생 끝에 돼지 기르는 법을 가르쳐 준 지인의 정은 잊을 수가 없습니다. 죽기 전까지 그분의 고마움은 잊지 못할 것입니다.

오직 가족의 생계만을 위해 뒤도 돌아볼 틈 없이 바쁘게 살았습니다. 실패가 많았지 성공은 몇 안 되어 힘들었습니다. 산이 앞을 가로막으면 산을 넘고, 강이 앞을 가로막으면 강을 건넜지요. 가난은 마치 꺼질 듯 꺼지지 않는 불씨처럼 계속해서 되살아났습니다. 몸도 마음도 지쳐서 포기하고 싶을 때가 있었지만 가족을 책임져야 한다는 정신만은 포기하지 않았기에 다시 일어나고 일어났습니다. 어느덧 살다 보니 국가도 부강해졌고, 나도 어느새 가난에서 벗어나게 되었습니다. 어려웠던 지난날들과 밥상을 비교해 보자니 지금은 임금님 밥상을 접하고 있음을 새삼 느낍니다. 매일 기적의 밥상을 먹고 있습니다. 나는 이제 인생의 말년기에 접어들었습니다. 욕심도 없고, 행복도 더 바랄 것이 없습니다. 이제는 이웃과 나누면서 베풀고 살겠노라 나의 마음을 또 바꾸어 봅니다.

나는 6 · 25 전쟁을 겪은 세대입니다. 당시 내 나이 7살이었습니다. 지금도 그때를 생생히 기억합니다. 외국에서 곡물과 옷가지를 보내주지 않았다면 모두 굶어 죽거나 얼어 죽었을 텐데 구호물자로 먹고 입으면서 연명할 수 있었기에 오늘날 천국과도 같은 대한민국에서 살아가고 있음을 늘 감사하게 생각합니다. 그동안 먹고사느라 늦었지만, 나도 이제 난민이나 가난한 나라를 돌아볼 여유가 생겨 조금씩 후원하고 있습니다. 외국에 대한 내 마음의 빚을 지금이라도 조금 갚을 수 있어서 행복합니다.

세상살이 외로운 인생길에서 나의 힘이 되어준 아내에게 고맙고, 삼 남매와 손주(은총, 은혜, 지은, 지예, 지원, 지호, 주안, 지율) 여덟 남매가 앞으로 가정과 국가에 얼마나 빛나는 일을 할지 기대가 됩니다. 나에게는 큰 보물들입니다. 자식으로부터 대접을 받을 때면 '나에게도 오늘 같은 날이 있구나' 하는 행복감에 젖습니다. 이제 무거운 짐은 모두 벗었으니 완전한 자유인으로 즐기며 살고 있습니다.

그러나 오늘의 이 행복도 서서히 기울어지고 있음을 짐작합니다. 건강하게 살기 위해 몇 년 전에 자전거도 탔지만 이제는 짐이 되어버렸고, 1시간이나 잘 걷던 트레킹도 30분으로 줄였습니다. 세월이 많이 지나간 것을 실감합니다. '신윤섭'이라는 나의 이름도 불러줄 사람 없이 이 세상에서 지워질 날이 아주 가까이 오고 있음을 짐작해 봅니다. 와수국민학교 6회 졸업 앨범도 그 당시에는 없었고, 단체사진 한 장을 봐도 이제 17명의 이름만 기억이 나고 나머지는 생각이 나질 않습니다. 80년의 세월이 길기는 긴 모양입니다.

이제 남은 생은 예수님을 믿어온 신앙인으로서 하나님이 저에게 주신 달란트를 실천하며 주위에 예수님의 향기를 풍기는 사람이 되기를 항상 노력하는 사람으로 살 것입니다. 나를 알고 있는 이웃과 만났다 헤어진 인연과 모든 분에게 감사한 마음을 잊지 않고 살겠습니다. 이 모든 분께 하나님의 축복이 임하고, 사랑과 나눔의 삶이 계속되기를 기도하며 소망합니다. 내내 행복하십시오.